不遇の魔

FUGUNOMA

石川瑞生
Ishikawa Mizuki

風詠社

不遇の魔

一

五十年前の美貴子の背中は、縮こまって怯えていた。十九歳の背中が丸まっているなんておかしい。哀れっぽくて残念だ。けれども朧げな記憶ではない。まるで呪縛に囚われたように、降り注ぐ嵐から身を守ろうとするかのように縮こまっていた自分の姿は、いまだに忘れられない。ただ、十九歳の健康な背中には弾力があったはずだ。反発力もあっただろう。もしかしたら青春の背中は、シャキッとさせてくれる何かを待っていて、蝶になる前のサナギのごとく破裂寸前だったのかもしれない。

一九七二年、今からちょうど半世紀前、〈連合赤軍あさま山荘事件〉が起きた。美貴子が大学へ入学する二ヶ月前のことだ。今では考えるのが難しいような学生運動の盛んだった時代が一九六〇年代の後半から続いており、一九七〇年代に入り、その最後の成れの果てのような姿を呈していた学生団体が、連合赤軍だった。

その新左翼の連合赤軍グループが、二月十九日、軽井沢のあさま山荘に人質をとって立てこもり、機動隊と撃ち合いになった。日本中が騒然とする。事件のほぼ全体がテレビでリアルタイムに放映されたため、人々はその一部始終を観ることになり、憤ったり、嘆いたり、不安を感じたりした。事件は二十八日まで続き、二百十八時間の長きにわたり拘束されていた人質がついに解放される。

のちに、連合赤軍のメンバーたちが、この事件に先立つ二ヶ月以前から群馬県内の別の場所で、総括と称してグループ内部で仲間にリンチを加えていたことがわかった。リンチは凄惨を極め、十二名が死亡した。日本中を震撼させたのは、あさま山荘事件の終結後に発覚した、むしろこっちの方だった。十二名の死体が犯人たちの供述に基づき発見されて、事件の全貌は露呈した。犠牲者の中には、妊娠していた女性メンバーもおり、遺体は証拠隠滅のため全裸で土中に埋められていたという。

美貴子は、雪の山荘で機動隊と撃ち合いになる様子を全国放送された映像で、長時間見ていた。放送を担当したアナウンサーは、学生が相手を殺そうと構え、機動隊が防御姿勢で応戦し続ける様子をテレビカメラが追い続けて、しかもこれだけ長時間にわたることを、「異常なことだ、異常なことだ」と泣き叫ぶように繰り返し言っていた。ほんとうは「狂気の沙汰だ」と言いたかったのだろうが、放送用語で禁じられていたのかもしれない。緊迫したドラマを観ているような臨場感があり、美貴子は画面に吸い寄せられていた。機動隊が雪の薄汚れたあさま山荘のそばに積み上げられた土嚢にへばりつき、何とか中へ突入しようとし、それを狙って時々窓から若い男が発砲した。大学入試を数日後に控えているのに、受験勉強をそっちのけにして見入っていた。美貴子にとって年の近い若者たちがやっていることなのである。自分の人生のお手本になるべき大学生たちが、なにゆえこんな馬鹿げたことを真剣にやっているのか、もしかしたら大学生活の秘密がひそんでいるかもしれないと、思ったりもしたのだ。二年前の三島由紀夫の割腹事件の時も、何が何だか意味がさっぱりわからなかったように、世間で起きていることの意味は、美貴子には謎解きのようなものだ。

しかし、「あさま山荘事件」と、さらにその後に明らかになったリンチによる仲間の殺害は、陰惨な現実を思い知らされたにせよ、しょせん他人事だった。美貴子にとって、このとき見ていた映像が自身の近い未来の縮図になると想像するのは不毛だったし、不可能なことだった。

美貴子は、平凡な家庭の三人弟妹の長女である。都会の中流層のごく平凡な家庭で育ち、共産主義や大学紛争とは縁がなかった。六年制のミッションスクールへ通う環境では、聖書の方が資本論より身近である。周囲の成り行きから、当然大学進学を当たり前に思い、しんどい受験勉強でもせっせと励んでいた。弟と妹は読書好きで、弟などは丸山眞男も読んでいたから、果たして当時の学生紛争や連合赤軍について一家言を持っていたかもしれないが、そんなことをいちいち弟に聞くこともなかった。美貴子は、とにかく中学、高校とテニスに熱中し、遊びは体育館でのバスケットボールというスポーツ一辺倒なのだから、弟と妹が知的会話をしていても、そもそも疲れて家へ帰るとバタンと寝てしまうぐらいで、蚊帳の外なのである。〈連合赤軍の「あさま山荘事件」〉というのは、そういう家庭の、いわば総領の甚六が大学受験を控えていた二月の出来事だった。

テレビに釘付けになって事件を見た夜、美貴子は夢を見た。あさま山荘の周囲の雪が薄汚れているのも見分けがつかない。黒雲が天を覆ってしまい、辺りは昼なのに暗闇だった。目を凝らしても、あさま山荘は消えていた。もはやそこは軽井沢ではなくて、よく見慣れた美貴子の住む東京ではないか。東京とはいっても、街は様相を変え、マンションも住居も高速道路もタワーもない。都会は跡形もなくなり、ただ瓦礫の山と化していた。目が赤い、醜い巨大な獣が何十頭も我が物顔に歩いていた。その太い腕にはなんと角棒を持っている。辺りには臭い獣の臭いが充満していた。街は獣たちに蹂躙されて潰されてしまったらしかった。美貴子の家もなくなっていて、父も母も弟も妹もどこへ行ったのだろう、誰ひとりとしていない。もしかして死んでしまったのだろうか？　大都会の真ん中なのに、まるで破壊力の大きなミサイルでも落ちた後のように、荒涼とした瓦礫の中を、美貴子はたった一人、怪獣たちに追いかけ回されていた。どこへも逃げ場がなかった。シェルターという気の利いたものもない。しかし、潰されたくなんかなかった。あの角棒で殴られたくなんかない。追いかけて来る歩幅はとてつもなく大きいから、全速力で走っても、ダメだ、もうすぐあの角棒が頭に降り下ろされてくる。絶体絶命だ。と、その瞬間、前方に雲の切れ目があって、わずかに青空が覗いているのが見えた。なんとかそこまで到達すれば救われると思えた。その下には、美貴子の受験する大学がかすかに見えている。あそこでは蒼穹の元に大勢の学生たちが歌を歌い、ふざけ合い、気勢を上げているらしかった。声さえ聞こえていた。もう少しだ、もう少し走ればあそこまで行ける。しかし、どれだけ全速力で走ろうが、たどり着かないのだった。とうてい無理だ。諦めがよぎった瞬間、美貴子の頭上は黒雲にすっぽり包まれてしまい、巨大な獣が角棒を振り下ろしてきた。無惨にも美貴子は頭蓋骨を骨折して、さらにその上に巨大な脚が全身を潰しにかかろうとする。

というところで、目が覚めた。恐ろしくてブルブルっと震えた。もちろん頭はなんでもなかったが、美貴子の背中は丸まっていた・・・・・・。

翌日は、東京でも寒さのキツイ二月の日で、ストーブに継ぎ足す灯油がもうなくなっているから誰が買いに行くのかと、弟や妹と嫌な仕事の押し付け合いをした。結局、前日居間を独り占めしていたお姉ちゃんが灯油を消費し尽くしたのだからという理由で、反論もできず、この入試で忙しい時期に、と文句だけは言って、近所まで美貴子が灯油を買いに行くことになった。凍てつく空気の中へ出て行こうとドアを開けると、青く一片の雲もない空だった。

＊

美貴子がこれから通う大学の文学部は、長いスロープの上にあった。校門を入ると、教室のある建物までスロープが続く。幅の広い、緩やかな坂道だ。周囲には右側がだだっ広いアスファルトの広場と体育館を兼ねる記念会堂。左側にはやや雑木はあるものの塀もなく、すぐに大学の敷地外で、おそらく築十数年を経た二階建ての、数軒の一般家屋と隣接していた。なんということのないスロープである。

季節は春。ところは都の西北。一九七二年四月某日、大隈重信が創立した大学の、記念会堂で入学式が終わり、美貴子は大勢の新入生たちの群れに混じって、この長く白っぽいスロープを登っていた。薄曇りの空から舞い降りた桜の花弁が、頬にくっ付いたと思ったら地面のアスファルトに落ちて、後ろの人の靴に踏まれて黒ずんだ。黒ずんで見えたのは、スロープの両側が、暗闇のようになっていたせいもある。雪の隧道を黒い墨で塗りたくったように、あとで立看板、通称〈タテカン〉と知る、黒ずんだ看板に取り囲まれていた。タテカンには、黒くて太い、いびつな文字がぎっしり覆うように書かれていた。新入生の歓迎の挨拶としては、ずいぶん豪勢で、そして歪んでいる。

《世界同時革命を起こせ》

《腐敗した産学協同体に断固鉄槌を》

《日本帝国主義に死を》

キョトンとした。何が書かれているのか意味がわからない。言葉に威圧されているのかもしれなかった。ふと言葉の暴力にちがいないと気づく。極端で断定的な政治表現が黒い息となって撒き散らされているのだ。表現から読み取れる傲慢な目線が嫌だった。ホンモノの暴力が言葉の奥に透けて見えるではないか。文字群は不安な気持にさせる。不安は受身の拒絶反応だ。目に押しつけてくる、幼稚な四角ばった文字は、滑稽にも見えた。美貴子は声に出さずに啖呵を切った。

〈なによ、こんな言葉遣い、冗談じゃない。いったい誰が書いたっていうの！　こんな幼稚な文字で偉そうに。ここは大学なんでしょ、幼稚な精神が我が物顔で踏んぞり返るんじゃないわ〉美貴子の健全な常識がモクモクと反発していたのだ。入学式にこんな迎え方をされるのは不愉快極まりない。体育館で祝福されて膨らんだ気持ちが強引に捻りつぶされるようだ。こんな狂気じみたメッセージなど、入学式には無用の長物だ。跳ね飛ばせるものなら跳ね飛ばしてしまいたい。雪のトンネルで警戒警報が鳴り響くなんて、そもそもあり得ないのだ。

そうはいっても美貴子の元気はから元気なのだった。初めての大学という場所で、よくわからない物騒な気配に不安でいっぱいになっていた。美貴子は、父からプレゼントされた真新しい焦げ茶色の革のカバンを体の前に持ってきて、両手で抱きしめた。幼児から癖になっている無意識の防御姿勢だ。不思議にこうすると安心する。何が何だかわからない不安を抑えることができる気がする。情けない格好だったが、カバンのおかげで余裕が生まれてきた。タテカンの文字列を新入生たちはどう見ているのだろうと、周囲を見渡した。みんなの顔は当たり前のようにのんびりしていて、前を向いて教室へと急いでいる。

タテカンの傍らにはヘルメットを被り、口の周囲をタオルで覆ったおじさんたちが立って、新入生たちを睨みつけていた。それにしても、なぜ工事中の路上で見かける人々がこんなスロープでズラッと並んでいるのだろう。おかしいではないか。ツルハシもブルドーザーもなく、ここは文学部構内へと向かうスロープ上で、工事現場ではないのに。一人のおじさんがタテカン脇から急に出てきて、美貴子に寄り添った。歩調を合わせるように歩き出すので気味が悪い。一枚のビラを美貴子に強引に押し付けてくる。

「これを読むように」

「はあ？」

どうせ、工事中だから周り道をするようにと書いてあるのだろう。もう半分まで登ってきているのに。大学構内で急に工事なんかしないでほしい。無視すればいいのに、六年間ミッションスクールに通った女子校出のおぼこな美貴子は、世慣れた対応が出来ず、渡されるままに、ビラを押しいだく。おじさんの威嚇的な態度に怯えてもいた。情けない、さっさと離れていって欲しいとビラを持ち歩調を速めると、おじさんも一緒に速足になった。ピタっと寄り添われて歩かれると、なおさら気味が悪い。

「おい」

と言った。美貴子を立ち止まらせると、乱暴な手さばきで、口を覆っていた手拭いを取った。

「待ってるからな」

言葉のわりにはドスの利いた声ではなかった。相対した相手と嫌でも目が合った。若い男だ。白い顔に髭を剃ったばかりの青い頬と涼やかな澄んだ目をしている。鼻もツンと高い。美貴子はドキッとしてしまった。自分と同じくらいの年齢と気づき、この大学の学生なのだと気づいた。工事現場の中年などではない。若さが危険と感じるような、尖った顔つきだった。その青年は紙っぺらを押し付けると同時に、美貴子から離れてタテカンの元へと戻って行ってしまった。六年間女子ばかりしか見てこなかった美貴子は、こんなふうに洗礼を浴びてしまった。それにしても、初めての男子学生から話しかけられた言葉は、後味が悪い。青年の突然の登場と退去は、美貴子にこの大学に入学した現実を突きつけた。視線が渡された紙片に落ちた。

〈本日午後三時決起集会　本部政経学部前〉

とんでもなかった。工事迂回を知らせるビラなどではない。いったい、これはなんたることだろう。わけがわからない。大学とは自由な場ではないのか。肉体的な自由はもちろん、精神の自由の極北に位置しているはずなのに。何だ、決起集会に参加せよという、この一方的な押し付けは。口を覆っていた手ぬぐいのマスクをとった学生は、ヘルメットを被り、ビラを押し付け、「待ってるからな」と命令したのだ。紹介するとか、お願いするではない。一方的で突然の強制だ。決起集会ってそんなに大事なの？

美貴子はオリエンテーションに出席するのをやめて、スロープの途中でカバンを抱きしめて帰ってしまいたくなった。場違いな所へ来てしまったらしい。ここは大学ではないのではないか。

大学とは、自分でテーマを見つけ、教授に教えを請う場だというのは、美貴子の勘違いだったのだろうか。強制と脅迫の場だったなんて、まるで天国と地獄の差ではないか。ふと疑問が湧いてきた。すべては美貴子の期待しすぎだったのではないかと。もしかしたら、大学という場所を理想化しすぎていたのかもしれない。大勢の新入生たちが平然と歩いているのは、大学が政治闘争の場だというのが常識だからではないのか。みんなあんなに慣れている。そんなバカなとは思うが、タテカンもヘルメットの学生も、上級生から命じられることも当然のこととして、皆、受け入れているように見えた。ここは、一体どんな時代で、どういう世界なのだろう?

美貴子は混乱しながらもスロープの頂上に着いて、アーケードの下に立った。

とつぜん、明るい中庭が拓けた。両側を狭めていたタテカンが消え、ヘルメット姿の学生たちはどこかへもぐり込んでしまった。代わって、思い思いの凝った衣装を着た学生たちが、一種の祭りを繰り広げていた。ここは、ちょっとはしゃいだ日常だ。自分と同じような学生たちが、少し羽目をはずして浮かれ騒いでいる。耳を聾する騒々しい声が飛び交い、新入生入会を促すサークルの幟がはためいていた。歩いてきたスロープとはまるで異なる光景で、美貴子は自分の世界へ戻って、ほっとした。

大学はじつは美術館なのかもしれない。ひとが美術館で絵画を観るように、同一空間内に次元の異なる空間を入れ込むのだ。絵画の中の奇抜な絵で観客を驚かせておいて、実はそれは額縁に入れた絵ですよ、と安心させてくれるところなのだ。まさか、大学がそれほど奇を衒った場所であるはずもないのに、そう考えるとしっくりした。大丈夫かもしれない。大学は学生の精神を飛翔させてくれそうだ。中庭は、華やかな色彩の乱舞に満ちていた。

スロープ上の出来事は展覧会場への導入部にすぎないと知った美貴子は、抱きしめていたカバンを右手に持ち替えた。一筋縄では行かない大学に、美貴子はまんまと騙されたが、美貴子以外の新入生たちは、事情を知っていたからこそ、のんびり歩いていたのだろう。

スロープを登りきった上に展開する文学部は、ほぼ正方形の中庭を中心にして、ぐるりと周囲を取り囲む建築群で構成されている。三方を三階建の校舎が取り囲み、右側にタワーのような高層の大学院棟がそびえている。アスファルトの中庭には、数本の樹木の下の土が見え、樹木そのものは学生たちの立てた幟に席を譲るように控えめに佇んでいた。学生たちのサークルの勧誘には熱気があって、中庭はムンムンしていた。もしこれらの学生たちや幟がなければ、この中庭はきっと静かで、学府は整然とした趣なのだろう。これから美貴子たち新入生は、文学的想像、哲学的思弁、歴史学や美学や心理学の実証研究に鍛えられていくのだろうけれど、いまこの場所とは無縁で気楽なのだった。目の前の陽気さに十九歳の美貴子は溶け込み、萎んだ心は開花し始めた蕾のようにまた開いた。

「そこのお嬢ちゃん、お坊ちゃん。オリエンテーションが終わったらボンヤリしている暇はありませんよー。さっさと本部へ移動してちょうだいね。なんと本日は、稲門亭蜻蛉の『らくだ』だよ。真打ち登場、これを見逃すってのは、もう初手から落第みたいなもんだからね。注意一秒、怪我一生ってね。しかも新入生はタダよ、タダ。タダっていうのは無料ってことよ。落研創立以来、初の出血大サービスだよ。はいはい、タダほど怖いものはなしってね～」

高下駄を履いた落研の学生の声が張り切った大声を上げていた。押しつけない軽いユーモアがみんなを振り向かせている。隣りでパントマイムのように上半身の裸を白一色で塗りたくった、さすがに下は白いスラックス姿の男子学生が、腕と脚を関節から測ったようにズラしながら動かしている。こちらの関節もポキポキとしてきそうだ。その横では、大きな真紅のリボンで束髪を結い、黄八丈に矢絣の袴姿で黒いブーツの大正時代を思わせる女子学生が、愛想よくビラを配っていた。彼女の後ろで演劇サークルの幟が柳の枝のように春風に揺れている。パントマイムも演劇サークルに属するものなのかどうか、まあ、どちらでもいいだろう。中庭のちょうど中央あたりに、コッテリした紅がひときわ人目をひく分厚い唇と発電所のマークのような目をした、ピエロの服装の学生がいて、周囲を七人の小人に囲まれて、手足を頻繁に動かしながら踊っていた。小人のぬいぐるみには背の低い女子学生が中に入っているとしても、ご苦労様なこと。ＥＳＳの幟の周囲ではジーンズ姿の女子学生がビラを配っていて、そういう目で見るせいか、いかにも知的に見えたりする。学ランを着て大きな声を張り上げる応援部の学生たちは、生真面目を売りにしているのだろうが、色彩の氾濫の中で黒色の学生服というのは異様な堅物に見える。しかし彼らは真剣で、応援歌を歌いつつ腕も脚も顔も上下左右斜めに動かし、男臭さを感じさせた。こういう生真面目を好きな新入生たちは確かにいて、数名が取り囲んで熱心に見ていた。

美貴子は、若さの沸騰の無秩序に身を任せ、解放感に浸った。ここには不安のかけらもない。スロープ上とは別世界である。もし目を凝らしたら、浮かれる学生たちの後ろの壁に、場所を取られて拗ねたように立てかけてあるタテカンが、チラッチラッと見えているのを確認できたかもしれない。ヘルメット姿の学生が私服警官のように、密偵のように、身を潜めているのかもしれない。しかし不気味さより若さの熱気がうわまわっていた。目を奪われる色彩、陽気な大声、鼻孔を拡げさせる若さの匂いで、美貴子はこの大学に親近感を感じていた。

背の高い男子学生が、対照的に背の低いメガネをかけた男子学生を連れてやってきた。

「テニスやりませんか?」

背の低い方が、美貴子に声をかけてきた。

「おい、そうストレートに聞くなよ」

「じゃあ、なんて言うんだよ」

「困っているじゃないか、彼女」

漫才をやっているようなふたりのやりとりは、いかにも仲が良い青年同士に見えた。こんなふうに男子学生は話すんだと、美貴子は興味津津である。何しろ六年間、家族と親戚以外、同年齢の男性と話したことがないのである。いきなり話しかけられても、親しみ易い。

「あ、どうもはじめまして。私、高校時代に軟式テニスをやっていました」

美貴子の方から挨拶していた。見知らぬ男子学生なのに、困っている二人に自分の方から助け船を出してあげるなんてずいぶん大胆になっている。スロープ上での緊張感とヘルメット男に声掛けをされる警戒心からの反動で、無性に誰かと話したくなっていたのかもしれない。

背の高い方が肘で隣人をこづく。二人ともさっきより頬がゆるんでいる。

「僕たちイエロー・テニスと言います。サークルだから、気楽ですよ。授業が空いたとき、好きな時に参加すればいいだけです。コートは三つ借りていますから最寄りの場所を選べばいいのです。もし興味があったら、サークルのたまり場へぜひいらしてくださいね。誰かがコーヒー飲んでますから」

淀みのない言葉には、都会的な礼儀正しさがあって、空気がスーッと流れた。東京の大学なのである。「待ってるからな」のドスのきいたヘルメットだけでは、大気が汚染されて息苦しいではないか。

「クレヨンっていう喫茶店。サークルの溜まり場の名前ね。教育学部に近いよ」

小さい方の男子学生の口の聞き方は、もはや馴れ馴れしかった。美貴子は、若い男たちのじゃれ合いに共鳴して、抵抗なくうなずいていた。ふたりの背後から春風が吹いてくる。

「クレヨン」か。テニスサークルなら入ってもいいかもしれないと、少し具体的に聞こうとすると、二人はいかにも楽しそうに、良かったー、と言いながらもう離れて行ってしまった。美貴子は仕方なく、小さなメガネの男子学生から渡されたビラを丁寧に折ってバッグに入れた。都会的でスマートな男子学生は三年生の平川誠司だと、後で知ることになる。

二人が行ってしまうと、中庭はふたたび喧騒に充たされた。美貴子は、中庭の学生たちの、大声や頓狂なパフォーマンスのごった返しという、お祭り騒ぎのただなかにあって、ああ四年間の自由を獲得したのだなという喜びが、ふつふつと湧いて来た。ほんの数ヶ月前まで、ミッションスクールの女子校の穏やかな微温の中で、女の子同士の他愛もないお喋りに夢中だったのに、この解放感に勝るものはないように思えた。美貴子は大学に合格した喜びをあらためて噛み締めた。

「あなたね、あのね、何度も言わせないでいただきたいものですね。三十一号館二〇一教室って、どう行ったらいいか、ご存知？」

自分の想いに浸っていたせいか、美貴子は、隣りに立っていた男子学生の質問を聞きそびれたらしかった。朗々とした声の張りに振り向くと、白い上着に白ズボン、蝶ネクタイまで白く、この中庭の素っ頓狂な服装の中でも極め付きな、背の低い小太りの男子学生が立っていた。美貴子と同じ新入生らしい。白づくめに唖然とし、男のくせに「ご存知」なんて、気障でイヤったらしいと思った。戸惑っている美貴子に、おいかぶさるように蝶ネクタイは言った。

「あ、その手に持っていらっしゃる紙切れね、それをちょっと見せていただける?」

相変わらず気障な物言いに、美貴子は斜めに構えた姿勢を崩さずに紙切れを手渡すと、

「いや、まさか僕が、革マルのアジビラなんか欲しがるわけがないでしょ。そっちの方よ、大学から渡された方ですよ」

アジビラ、というのを渡した自分の無知をストレートに指摘されて、恥ずかしくなって、美貴子は苦笑いをした。気後れがあった。男子学生は、口調は気障なのに、醸し出す雰囲気が薫クンにそっくりだった。あの庄司薫の『赤ずきんちゃん気を付けて』の主人公の知的にユーモラスな薫クン。彼は後で庄司薫と同じ日比谷高校出身なのだと分かる。小説の薫クンの言葉を喋るこの気障ボーイから、さっきのテニスサークルの学生の都会的洗練とはまたひと味違う教養の香りがした。美貴子は、嫌じゃないなと思い、鼻孔を拡げてこの香りを吸った。

オリエンテーションの教室の場所が書かれた紙切れを、はい、こっちね、と手渡すと、さっき口走った〈革マル〉という言葉が気になり、革マルとは何かを聞いてみたくなった。

小肥りで知性が漲った男子学生は、何でも知っていそうなのだ。

「何だ、僕と同じクラスじゃないか。一緒に行きましょう」

そう言った白い服の学生に、どこかから飛んできた桜の花びらがフワッと舞い落ちて、光りを湛える目の下の頬にへばりついた。さっきの美貴子と同じだった。イタズラな花びらが、男子学生の知性のある顔をふざけて崩したので、おかしかった。

「僕だって、普通じゃないのよ、この服装は。今夜、特別な用事があるんですよ。しょうがなくて着ているんでね。新入生がこれじゃ、そりゃ、滑稽に見えるでしょうよ」

いや、そうじゃなくて、と言おうと思ったが、まあその弁解ももっともだと思い、美貴子は黙っていた。そして大胆にも美貴子は、この学生の頬っぺたに手を差し出して、ピタッとくっついた花びらをとってあげた。

相手は一瞬ビックリして、何をするのかというように後退った。その様子に美貴子の方がもっと驚いてしまい、頬が赤くなってしまった。間が持たなくて、「これ、花びら」と美貴子はおずおずと小さなピンクの花弁を差し示した。男子学生は、照れ臭そうに下を向いて笑った。その照れ笑いに美貴子はスーッと引き込まれた。男子学生は、その場のぎこちなさをつくろうように、腕をおおげさに持ち上げて腕時計を見ると、「いやー、もうこんな時間だ」と言って、さっさと歩き出してしまった。

美貴子は慌てて、ちょこちょこ歩いて左右に揺れるその小肥りの背中に、遅れないよう随いていく。

「失敬、僕は、佐伯蓮と言います」

「私は、葛原美貴子です。どうぞよろしく」

「こちらこそ、よろしく」

美貴子も、男子学生の背中へ向かって名乗った。声は定規を引いたようにすっと出た。

佐伯蓮と美貴子は、政治闘争を呼びかけるビラで埋め尽くされた壁に囲まれながら、階段を登って二階の教室へと急いだ。美貴子は、やはり変だとキョロキョロ見回しながら、ああ、そうだ、革マルというのを聞くのを忘れたと思ったが、男子学生がドンドン先に行ってしまうので、遅れまいとしてついて行くのに懸命だ。

これが、佐伯蓮との出会いの初めだった。

二

入った教室はもうほとんど満席で、立錐の余地もなかったが、美貴子は一番後ろで女子学生の隣りの席が空いているのを見つけて、滑り込んだ。

「お隣り、失礼」

「どうぞ」

彼女は、美貴子と同じような新品の皮のカバンを、机の下の網棚に入れ直して軽く緊張した微笑を美貴子に向けた。小柄な柔らかな物腰の女子学生だが、美貴子を見る目の光は鋭利な小刀の切尖のように銀色に光っていた。佐伯蓮は、「失敬、失敬」と言いながら奥までかき分けるようにして進み、窓際の一つ空いた席に収まった。

担任となるフランス語の教授が入って来た。鎮まった教室で、プリントに書かれた順序どおりのオリエンテーションが進んだ。教授の話はプリントを読めばわかる程度で、特別に聞くべき内容もなく、初対面は薄い印象だった。物足りないまま、あっという間に終わってしまった。大学のオリエンテーションとはこんなものかもしれなかった。それはコットンで化粧水を浸す程度で、肝腎の化粧本番は授業でたっぷり施してやるという、化粧を施すプロの自負みたいなものかもしれない。

美貴子が皆とともに席を立とうとすると、教授と入れ替わるようにして、三人の男女がまるで全てが打ち合わせされていたように、あまりにも整然と教室に入ってきた。

「みなさん、これから重要な話があります。まだ席を立たないで下さい」

男子学生の濁声が響いたのは、三人があっという間に教室を占領してしまったのと同時だった。教室に緊張が走った。女子学生が窓辺へ行き、開いている窓を一つ一つ閉めていく。教室内の声が外に漏れないようにしたのだ。男子学生が一人、さっきまで教授が立っていた教壇の前に陣取って、立つことを諦めた新入生の方を睨みつけていた。もう一人の男子学生は、一人も出て行かないように出口を塞ぐ位置に立っている。三人ともヘルメットはかぶっていなくて、手ぬぐいのマスクもしていなかったが、スロープ上の男子学生と同じグループに属しているのはすぐわかった。美貴子も他の新入生たちも、金縛りにあってしまったかのように動けなかった。親分格らしき教壇の前の男子学生が、やおら演説を始めた。慣れた口調だ。

「これから君たちにとって必要にして不可欠な話をします。君たちは今、希望と期待に胸を躍らせているかもしれない。しかし残念ながら、かつての母校の栄光は地に堕ちて、今や、どこにもその痕跡すら見出すことは出来ません。大学は、君たちの想定しているような場ではなく、腐敗と汚辱のドブに漬かってしまいました。地に堕ちたこの大学の現状を、君たちは、認識しなくてはなりません。僕たちは、そのためにここに来ました・・・・・・」

深刻な話らしかった。かなり大学の状況は悪いらしい。ここの大学の学生になったからには、当然考えなければならない話なのかもしれなかった。

「政府と大学当局の奸計と偽善・・・君たちの優柔は冷酷へと直結し・・」

「牢固たる鉄壁を破壊する勇気こそ、・・・」

途中から、美貴子の耳はキンキン痛くなってきた。なんのことはない、どうやらさっきのタテカンの文字が、音声に変換されて聞かされているだけのことだった。同じような決め付けの傲慢な政治用語が教室中に充満していく。教室中が濁り始めるようだった。言っている内容が、イメージとしての形を留めていない。ポキッ、ポキッと言葉が折れて、そのかけらが美貴子の耳管にあたり、意味のない音響だけが響くのだ。意味のない言葉は脳までは届かない。耳のざわつきが痛みとなって美貴子の体は拒絶反応を起こし、寒気さえしてくる。

左側の、中庭に面した窓から、春の陽が射し込んでいた。窓辺の光で正午に近いのがわかった。外は暖かそうだ。祭りの後片付けでもやっているのか、中庭のざわついた大きな音が閉ざした窓からでも教室の中へ漏れ聞こえていた。そのガタガタと片付ける音だけが妙に心地よかった。そのとき突然、美貴子は、喋っている目の前の連中こそが革マルという人たちなのだと悟った。誰に教えてもらわなくとも、革マルこそ、この大学のベースなのだと理解した。ベースというのは、牛耳るという意味だ。革マルという政治グループは、どうやら組織的に大学の中に組み込まれている集団らしく、みんなの上に立って、あの四角い字面のように踏ん反り返っている。偉そうにいばっているが全然知性が感じられない、いわば幼稚な口パクだ。いや侮ってはいけない。あの一人一人の様子からすると、美貴子などとうてい歯向かえない暴力集団なのかもしれない。なんということだろう。やはりこの大学は、あのスロープ上で感じた薄気味悪さが物語るとおりなのだった。美貴子が憧れていた大学は捻れていた。足元が崩れていく気がした。教室のコンクリートの床が、泥沼のようにもはやズブズブだった。こんな泥沼に、あの目の前の革マルたちが一体何人潜んでいるというのか。早くここから出てしまわなければと思っても、足が動かない。体が金縛りになったように縮こまる。

黒板脇の女子学生と入り口の見張り番の男子学生が、ときどき鋭い視線を窓際の後方へ走らせていた。不穏な感じがあって、美貴子は彼らの視線の先に目をやると、視線の先にいるのは、佐伯蓮だった。目立つ白い服が彼らの不興を買うのかと思ったが、佐伯蓮が思いっきり身体を丸めて下を向き続けているからには、そんな単純な理由ではなさそうだった。彼らに気づかれないように、佐伯蓮は自分の存在を消しているかのように見えた。

「君たちは、暗黒の跳梁をこれ以上許すのですか。無知の使徒へと成り下がってはいけない」

教室は、壇上の演説とも言えぬ長い駄弁で温度が上昇していた。もっと窓を開けてもらいたかったが、そんなことは言い出せないし、自分で開けるには、ギッシリ埋まった教室で窓側は遠すぎた。見回すと、新入生たちが椅子から立ち上がりたくてお尻をモゾモゾさせていた。それは、見ようによっては、下の床が泥沼化して獣たちに引きずり込まれそうになるのを、必死で抵抗している足掻きのようだ。美貴子の隣りの女子学生も首を左右にふって、あきらかにこの場を一刻も早く逃れたそうだ。

「それでは君たち、午後二時に政経学部前で再会しましょう」

やっと終わった。

三人の革マルたちが水を引くようにスーと出ていくと、一年生たちは、硬い椅子の上でもぞもぞさせていた尻をいっせいに引き剥がした。ガタンゴトンとイスを引く音がして、帰宅を急ぐ新入生たちで教室がごった返す。座り続けていた四十名ほどの新一年生はなんとか我慢していたのだ。意味不明瞭な言葉の羅列の、辻褄合わせの理論を。大学権力を握った支配者であるかのように、新入生たちに覆いかぶさってきた革マル派の横柄な態度を。「再会しましょう」で締め括られた半強制の文句などに、誰が従うものか。しかし、どうやら革マルたちは新入生を相手とするため、それでも控え目に遠慮してしゃべっていたらしい。美貴子たちは、もっと野卑で無感情で傲慢な口調こそ革マルらしさだと、すぐに気づくことになっていく。

いったん教室を出た新入生たちは、それぞれ、このオリエンテーションを、この大学の学部を、どう総括するのだろう？　都会の自由な空気を思いきり吸って、喧騒に開放され、孤独がくつろぎを感じさせるビルの沃野で羽を伸ばそうとするだろう。しかしそれだけの、なんとなく無視するだけという受身の態度でしか、新入生たちにはこの革マルを拒否する手段はないのだろうか。これから、こんな文学部の現実とどう折り合いをつけて行ったらいいのだろうか。

美貴子の入った大学には、学生運動という現実が根を張っていたというわけなのだ。スロープ上での不安はもはや明白な現実となって目の前に突きつけられた。こういう在りさまを美貴子がどうのこうのという前に、スキ、キライに関わらず、これから対峙していくことになるのだろう。大学生になったからにはこの種の人たちを避けていくわけにはいかない。今日が例外ではないのだ。きっとこの学生たちは毎日のように教室に入ってきて、美貴子はこうして拘束され時間を奪われることになる。美貴子だけでなく、よぎる不安に青白くなった顔という顔が次々と教室を出て行った。

「チェッ、あいつら解ったような御託を並べやがって。いい気なもんだぜ。迷惑だよな。俺たちの時間をなんだとおもってやがるんだ。なあ、みんな。足の水虫がジクジクして来たぜ。せっかく下駄履いて来てやったのにさ」

威勢のいい陽気な声が、教室の空気を縦に割った。美貴子はモヤモヤした空気が引っ剥がされた感じがしたことに驚いた。素人くさい啖呵を切ったのは四角い下駄のような顔に輪をかけて四角い茶色の枠の眼鏡をかけた、中肉中背の男子学生だ。足元に町の銭湯にでも出かけるような下駄を履いているので、目が吸い寄せられた。本人は精一杯の決まり台詞を言ったと得意気な様子もおかしくて、帰りかけている同級生たちも美貴子も笑いをこらえきれず、そのまま足を止めて振り返った。皆の緊張した顔がほころんでいく。ところが、間髪入れずに目の冷めるような極め付きのセリフが飛び出したから、美貴子もみなも、もっと驚いてしまった。

「おっしゃりたいことはわかるけど、ここは犬の遠吠えを聞く田舎の丘じゃないのよ。それに、白虐的な言質はハイエナじゃあるまいし。そういうことはディスカッションで話し合いましょう。ごめんあそばせ」

同級生たちの足が完全に止まってしまった。教室に残っていた三分の一の学生たちが唖然とした。お龍が、裾を捲り上げて居並ぶヤクザどもに啖呵を切ったと思ったら、早変わりして深窓の令嬢になり敷居で三つ指ついてお辞儀をして、最後の「ごめんあそばせ」である。

同級生たちみなも、美貴子も、度肝を抜かれた。まさか、隣りの女子学生がこんなことを言うなんて、なんたることだろう。しばらく教室はシーンとして、視線がいっせいに隣りの女子学生に集まった。

「さ、あなた、一緒に帰らない」

女子学生は美貴子に、何もなかったかのように平然と言い放った。言った言葉も出し抜けなら、この普通の言い方も唐突で、はい、ドラマは終わったのよ、と自作自演の終了を宣言したから、いったいさっきのは何だったのかと映画を見終えた観客のように、同級生たちはそれぞれの感想を胸に収めながら黙って教室を出て行ってしまった。下駄の学生もカタカタと高下駄の音をリノリウムの床に響かせながらやってきて、美貴子の隣りの女子学生に頭を下げる。一本取られましたと脱帽して恐縮し、去り方が決まり悪そうだった。

「〈いずくへ遁れる　無益、かつ倒錯した反抗のなかを?〉。マラルメね、ではお先に失礼」

詩の朗誦を唱える後ろの男子学生に、不意をつかれた美貴子は声の方へ、目を瞠った。

みんなの後から歩いてきたのは、白い服を着た佐伯蓮だった。謎めいた気障なセリフは、どうやら美貴子に向かって言われたらしい。それならば、意味を聞きたい。そのとき、いっしょにいたお龍、兼深窓令嬢が佐伯蓮をキッと見つめた。見つめられた佐伯蓮の方も明らかに動揺する。ふたりのあいだに緊張が走り、美貴子は二人を交互に見た。二人とも互いに敬意を払っているように感じられた。美貴子は二人の作る空間にはじき出されるように一歩退く。

「もう全然遅刻だよ、こんなに遅くなっちゃってさ」

佐伯蓮は、どこかへ行く用事があるらしく、しきりに腕時計を見て慌てていた。そして美貴子にも隣りの女子学生にも、どちらにも声をかけずに、その場を縫うようにして通り過ぎていった。言われた言葉の意味を、聞いておけばよかったと美貴子は思う。

〈・・・無益、かつ倒錯した反抗・・・〉？

詩の言葉らしい。マラルメとか言ったっけ。意味のわからないまま、佐伯蓮の声が美貴子の耳に残った。

学生の中には、あのような言葉を、知識のひけらかしとして嫌味と受け取る人もいるかもしれない。しかし美貴子にとっては、佐伯蓮が口にした言葉こそ、大学の文学部らしい学生の言葉と感じられる。彼の表現には文学部の誇りがキラリと光る。同じ言葉を呟くなら、〈日本帝国主義に死を〉のアジテーションではなく、繊細な感情を伝える言葉を、洗練された日本語で言うべきなのだ。美貴子は、佐伯蓮の言葉に文学部を感じた。すこし気障であってもいい。詩の言葉は知性の輝きを放つ。佐伯蓮には自負がある。美貴子もそういう自負をもちたい。

教室から出ていく佐伯蓮の後ろ姿は、奇抜な白い服を着た小太りの体を必要以上に左右にユサユサと揺らしたので、出口の角にぶつかりそうになった。そこをなんとか繕って後ろ姿のまま右手を挙げ、自分を見ているであろうこちらへ向かって、サヨナラと手を振った。美貴子は、ウワッ気障！と洩れそうになり、隣りの女子大生の方を振り向いた。女子大生も吹き出しそうになっていて、お互いに顔を見合わせて笑った。笑っていたが、美貴子にとって、佐伯蓮はただのピエロではもはやなく、爽快で勇敢で、ちょっとしたヒーローなのだった。まったく第一印象からして、どこか滑稽だし、ズレているし、どうしようもない服装センスの男である。およそ美貴子が夢に描く白馬の騎士とはかけ離れている。しかし、美貴子は、教養を垣間見せる知性、周囲の暗さを一気に変えるユーモアのセンス、底にある優しさ、そして沸々と燃えている情熱を、佐伯蓮から嗅ぎ取ったのである。

高下駄の学生にも、隣のお龍女子学生にも、気風のいい爽快さを感じたが、佐伯蓮はさらにその上を悠々といく。佐伯蓮は初対面の美貴子に強い印象を与えた。美貴子は、もしかしたらこういう男が好みなのかもしれないと、心の火がにわかに、しかも強烈に灯ったように感じた。そうだとしたら、変わり者ということになるかもしれないな、と思う。

三

美貴子と隣りの女子学生は、みんなの後から教室を出ると、階段を下りてスロープの上のアーケードに出た。ここに立つと、門までくだって行くスロープ上の両側の、威圧するようなタテカンが嫌でも目に飛び込んでくる。タテカン横には、相変わらずヘルメット姿の革マルの学生たちが立っていた。白いヘルメットには、下部に赤い線がめぐらされ、Zの文字が大きく目立つ。さっきの教室での演説が浮かんできた。登ってきたときには工事現場と見間違えた物々しさは、いまでは学生闘争の真最中の現場なのだとわかってしまった。これから四年間もこれを見るんだ、と思うと、深いため息が洩れた。

「オリエンテーション、ずいぶん疲れたわね」

同級生の女子学生も、同じように感じていたかもしれない。

「まったく。私、あんなふうな演説を聞かされるとは、思ってもいなかったわ」

「あなた、もしかして、ああいうアジ演説、初めてだった？」

「ええもちろんよ。だって、あんな人種がいること自体、思いもよらなかったもの」

「人種ね」

女子学生が笑った。笑いに、教室で圧倒された時のあの彼女の口調から感じられた、上から目線を感じた。

「あっ、お互い、自己紹介もしていなかったわね。私、勘解由小路ユリエと申します。どうぞよろしくね」

「私は、葛原美貴子です。こちらこそよろしくお願いします。勘解由小路さん、失礼だけど、さっきの発言、本当にビックリしたわ」

「えっ？　何か言ったっけ」

「何かって、その、あの。みんなが教室を出る間際に、勇敢にも、あの変な高下駄の男子学生が啖呵を切った時に、ここは、田舎の丘じゃないって、言ったでしょ」

「ああ、アレね。言い過ぎだったかしら。気をつけないと。恐れ」

〈恐れ〉？　この〈恐れ〉に、美貴子はまた軽いショックを受けた。〈恐れ入ります〉を〈恐れ〉と短縮して言ったのだ。〈ごめんあそばせ〉、とか〈恐れ入ります〉、とか、こういう現代では死語になっている丁寧語を、それも日常用語のようにごく自然に使いこなせる人はそうざらにいるものではない。唾をごくりと飲み込んで、思い切って尋ねてみた。

「失礼だけど、お名前からして、もしかしたら貴女、そういう筋の方ですか？」

「ええ？　まさか、そんな。はっはっはっは」

豪快な笑いだった。二人とも革マルの見張るスロープ上を降り始めていて、美貴子の方は、周囲を憚った。

「あのね、そういう筋の方って、普通、ヤクザ系の裏の世界の人のことを指すんじゃないの？　貴女って、変わっているわね。もしかして試験管ベビーの女子校？」

バカにされて、いくらなんでもと美貴子は言い返した。

「そうですけど、それが何か悪い？　ええ、私、ミッションスクール出身よ、港区の六本木にある中高一貫の女子校です。試験管で失礼しました」

「あら、そうなの、それなら母と同じだわ。失礼、試験管育ちって、深層のご令嬢の意味で言ったつもりなのよ。言葉の使い方を間違っていたかしら。ごめんなさーい。私は学習院女子部です。そうご推察の通り、父の家系が〈そういう筋〉なの。京都の公家ね」

勘解由小路ユリエは恥ずかしそうに、そしてどこか申し訳なさそうに肩をすぼめた。美貴子は、京都の公家という言葉に、背筋が伸びた。

「かなり古い家系らしいけど、私は興味が無くてね。というより積極的に否定してきたのよ、自分の出自を意識することをね。高校までは父や親戚たちの方針に従ったけれど、私、ご覧のとおり跳ねっ返りですから、自我を抑えるのも限界に達して。それで、とうとうこういう大学に来ちゃったってわけ」

カラカラっと楽しそうに笑った。美貴子は、この女子学生の立板に水を流すような話ぶりに呆れた、呆れているどころではない、まずは口を塞がねばと、焦って周囲に目をやった。

しまう。

至近距離にいる革マルの学生たちにこんな会話を聞かれたら、まずいのではないかと思って

「気にすることなんか、ないわよ。彼らは、一般学生にはキホン、手を出さないから」

おそらく、彼女はなんでも知っていた。大学で今日起きた意味さえ承知している。美貴子は、ウブな自分とはまるで違うと思うと、相手が自分より大人だと感じる時の子供の気後れを感じた。

でも、どうしたらこの空気を変えられるだろう、と考える必要は幸いなかった。勘解由小路ユリエと美貴子は、相性が抜群に良かったのである。氏素性がまるで違うのに不思議だったが、ふたりとも言葉の大切さと表現にうるさい自分たちの父親を心から尊敬し、その父親を中心とした家庭の醸し出す環境が似ていたせいだろう。ふたりともユーモアにくすぐられた洗練された陽気さを吸いとって、すっかり安心してしまった。

勘解由小路ユリエと美貴子は、美貴子にとってはずいぶん長く感じられたスロープをおり切った頃には、すっかり意気投合して、幼馴染みのように並んで歩いていた。そのまま校門を出て右へ曲がり、穴八幡神社前の交差点を渡って、交差点角にある四谷牛込分署の交番の前を素通りすると、馬場下のバス停へ着いた。ここでバスを待つことにする。

バスは、早稲田通りを高田馬場方面へと向かう。一般人も乗る都バスだが、馬場下から乗ると、始点の大隈講堂前から乗ってくる政経学部や法学部、商学部の学生たちですでに半分

は埋まっていて、学バスのようになっていた。男子学生が大半を占めている大学なので、女子学生が乗ってくると、それとなく通路を開けてくれて、席を譲ってくれる人も中にはいた。二人は楽に座ることができた。背が高くてスポーツ好きの筋肉質の美貴子と比べて、勘解由小路ユリエの方は背が低くて蒲柳の質で、ふたり並ぶとデコボコして見えただろうと思う。それでも同じように新しいスーツを着て、親に買ってもらったばかりの皮のカバンを大切に持ち、女子校出身特有の、変に突っ張って歩くのにどうしてももろさが出てしまう全体の姿勢など、二人とも雰囲気がたぶん似ていた。そういう二人が、すみません、ちょっと通してください、などと言いながら、男子学生の間をすり抜けて行くのは、なんとなく楽しかった。

二人は、一番後ろの座席に並んで座った。着席すると、美貴子は思い切ってユリエに、革マルについて知っていることを教えてくれと頼んだ。美貴子は、学園闘争や学生運動について、あの四年前の安田講堂の攻防戦くらいしか知らないし、つい二ヶ月前に起きた連合赤軍あさま山荘事件を、あくまで他人事としてテレビで見ていただけだ。美貴子のように傍観を決め込む学生を、マスコミは、〈ノンポリ〉と小馬鹿にしていたが、美貴子は揶揄されているとも感じなかった。ましてや政治音痴のアホとは、思いおよぶはずもなかった。仮にも教育機関の最高峰たる大学に入ったのに、あんなタテカンやヘルメットやゲバ棒や火炎瓶と関わって終わってしまっては、もったいないではないか。縁が無くてよい、かえって堂々としていられると平気だった。しかし、この女子学生・勘解由小路ユリエとスロープを歩いていると、美貴子は自分の考えかたが狭量にすぎるのかなと、不安になってきた。この女子学生相手だと、美貴子が学生運動を毛嫌いしているのを、ただ感性に寄りかかっただけの、自己の問題を放棄しているだけの短絡的な思考と、非難されている気がした。大学生は、感覚的思考を一度棚に上げて、論理の包丁を振るわなければいけないのかもしれない。勘解由小路ユリエは、少なくとも論理的に学生運動を考えていた。だから、美貴子は素直にシャッポを脱いだ。ユリエはなんでも聞いてくれと、快くうなずいてくれた。

勘解由小路ユリエと美貴子は、二人とも偶然家が東横線沿線にあったので、高田馬場駅から国鉄（現在のＪＲ）の山手線に乗り、渋谷駅で東横線に乗り継ぐという同じ帰路だった。高田馬場駅まで学バスで二十分、さらに二つの電車内をトータルしてざっと見積もっても、ふたりが話す時間はたっぷり一時間以上あった。美貴子は、ユリエが話してくれる内容にも表現にもワクワクし通しだった。ユリエは小さい声で話し始める。周囲の男子学生に話の内容が聞かれるのを警戒する配慮のためだと言った。なぜそこまでする必要があるのか、美貴子はわからなかったが、ユリエは事情通なのだろう。

ユリエの表情は生き生きとしていた。美貴子は話の内容だけでなく語り口に引き込まれていった。勘解由小路ユリエの話しぶりはなんと魅力的だっただろう。内容の大胆さと緻密さに加えて、公家言葉を使うくせに江戸っ子のベランメエ調を混ぜて、しかも薄っぺらい内容ではない。知識が整然としていて、聞くものを飽きさせないのだ。

「あなたは、詳しく教えてって言うけれどね。確かに何も知らなさそうなあなたが、スロープで最初に受けた脅威や、オリエンテーションでの衝撃は良くわかるわ。そのあなたに私がうまく説明できるかって言うと、ハッキリ言って心許ないわ。私だって、そんなに詳しいわけじゃありませんからね。突っ込まれると、ボロが出てしまう。だから、あなた自身がちゃんと後で調べて下さらないと保証の限りではないのよ。自慢じゃないけれど、かなり個人的偏見に彩られた大雑把な話ですからね」

美貴子は、もちろんそれで十分だと、先を促す。

「まずね、革マルの成り立ちを話す前に、そうそう革マルは新左翼だということはわかっているわね。あ、そう、それも知らないの。いいわ。とにかく全学連から話すわね。そもそも全学連イコール学園闘争とイメージすると、話が飛びすぎるのよ。全学連にだって歴史があるんですからね。一九四九年に全国レベルで学生の自治会が組織されたのが、全学連。高校に自治会があるように、大学だってとうぜん自治会があってしかるべきですものね。その程度に考えていいんじゃない。ちなみに全学連とは『全日本学生自治会総連合』の略。日本共産党の主導でね。だから当初は、学生たちの大学内の活動の取りまとめみたいだったらしい。例えば各大学の学費の値上げの反対みたいな内輪の問題を、全国レベルで考えましょうみたいな、穏健でいたって常識的な団体だった。もちろん大学生なのだから、そこは思想を考えていた。当時の学生たちは第二次世界大戦下の過酷な日本を中学生・高校生として生きてきて、平和な日本を自分たちが創り上げていこうと燃えていたのよ。だってそうでしょう、戦時中の貧困な子供達が、急に戦後アメリカの豊かな民主主義を押し付けられたら、日本の民主主義が胡散臭いんじゃないかと学生なら疑って、真剣に考えるわよね。周囲には、まだ戦火から幸運にも戻って来た元兵士たちがウヨウヨいたでしょうからね。そういう時代よ」

ユリエの頭はどうなっているのだろう。美貴子には足元にも及ばない知識なのに立板に水だった。しかも、見たことはないはずなのに、当時を具体的に描いて見せてくれる。

「それで当初第一期の全学連って、日本共産党主導だったけれど、その後はね、共産党自体がソ連や中国との関係、特にスターリンの失墜でいろいろ路線を変えていったから、日本共産党系の民青という全国レベルで展開していた学生組織とは別に、各大学で様々な全学連が乱立したわけね。百花繚乱状態よ。あまりにもたくさんあり過ぎて、とてもいちいち名前なんて覚えていられない。並行して、あなた、言葉くらい聞いたことがあるでしょう。砂川闘争とか、ベトナム戦争反対とか朝鮮戦争反対とか。そしてもちろん安保反対よ。全学連は、学外の問題にも積極的に関わっていくわけ。火炎瓶も出てくるし、国会突入もあった。でもね、当初の学生たちは総体的にいって穏健なスタイルだったのよ。ヘルメットやタテカンなんてああいうものは、付随的に後から出てきたのよね。演説のスタイルにしても、さっきみたいな絶叫調ではなくて、呼びかけ調だった。あんな、『われわれは〜』とか『まさにー』は、つい最近らしいわよ。いやーね、私、あの言い方には鳥肌が立つの」

「私だって、教室でさっき寒気がしたわ」

淀みのないユリエの話に感心し、圧倒されながらも、美貴子は相槌を打っている。

「まったくね。少なくとも一九六八年の全共闘の山本義隆は、あんな絶叫調ではなかったって。さすがに安田講堂の攻防戦は知っているわよね」

「もちろん、テレビで見たわ」

山本義隆がどんな人かと聞いてみたかったが、話の腰を折りたくないので黙っていた。

「でもちょっと待って。いま全共闘という言葉を使ったけれど、その全共闘というのと全学連というのとは、どう違うの？　よく聞くけど、私、違いがよくわからないのだけど」

「そうそこ。全学連と全共闘の違い、無関心な人にはどっちでもいいでしょうけどね」

バスは西早稲田の古本屋街を通過していた。窓からは、春の午後の陽気につられて、徒歩で高田馬場駅まで帰る学生たちが、路上に設置された台上の古本を冷やかすのが見えていた。

ユリエが一段と声のトーンを下げたので、美貴子は背の低いユリエに寄り添うようにもっと首を傾けねばならなかった。

「私はね、あーあ、ほんとにあなた、ご自分でよく調べてね。あくまで私の解釈よ。全共闘は、あの一九六八年から九年にかけての東大闘争でうまれたと理解しているの。安田講堂攻防戦に象徴されるあの東大闘争ね。当たらずといえども遠からずじゃないかしら。東大闘争は、日共＝民青系と、全共闘つまり東大全学共闘会議という二つの自治会それに新左翼各派、つまり革マルの学生会議、プラス中核の反戦闘争委員会、プラス解放派の反帝評議会、プラス、ブントの全学闘争委員会が、ノンセクト・ラジカルと競合して全共闘になったわけ。後者の全共闘といわれるのが、新左翼の革共同系つまり革マルと中核と、共産主義者同盟と言われるブントが中心だった。その他、社会主義学生戦線のフロントとか・・。お分かりかしら？　全共闘と全学連の違い？」

「うーん、すごくこんがらかっちゃって。とにかくあなたの記憶力って、すごいわね。あの、私からしたら、あなたの言葉は全部初めて聞くことばかりで、まるでパズルみたいなのよ。感心して聞いているだけなのだから。私が理解しているかどうかなんて、全然気にしないでどんどん話してちょうだい」

どんどん話してとは言ったものの、図式にしてくれないと無理、と言いたい。なんという複雑な世界。全共闘の詳しい分類など、初めて聞いて理解できるわけがなかった。それでも美貴子は真剣に聞いていようと思った。こんなに一生懸命話してくれるユリエにわからないと言ったら、失礼な気がした。まるで美貴子はオオムラサキアゲハの周囲を飛んでいる羽アリにすぎない。

「そうお？　ちょっと革マルに行く前に疲れてしまったわね。大変なのよ、革マルの説明って、実際」

「わかるわ」

ユリエは早口で喋っていた。それでも二十分が経過して終点の高田馬場駅に近づくと、周囲はビルが林立し、一階部分には居酒屋のケバケバしい看板が道行く歩行者と同様に、美貴子たちの目を惹きはじめだした。

「では、いよいよ我らが文学部の革マル先生の話。新左翼にやっときたわ。革マルの正式名称はね、長いわよ、いい？〈日本革命的共産主義者同盟革命的マルクス主義派〉。ついでに中核は、〈日本マルクス主義学生同盟中核派〉」

「なに？　なに？　もう一度言って」

なんという長い名前だろう。たかが学生運動、されど学生運動だ。

ただ名称から推し量ると、なんとなく革マルの内容がわかった。バスが高田馬場駅に着く。いっせいに学生たちが立ち上がったので、美貴子とユリエも話を中断して立ち上がる。二人はバスを降りると黙々と人混みの中を縫うように、国鉄の高田馬場駅の改札を学割を出して通り、階段を上がってホームに立った。ここも学生たちで混み合っている。山手線の内回りはすぐにやってきて、一般の人々で混んだ車両に乗ると、ユリエは言った。

「これからが、肝心の革マルの話なんだけど、なんだかね、疲れるわね。私たちの文学部って、もっと知性が輝いていると思っていたのに。独裁者が脅迫めいた言葉を言っているようだった。私、うんざりしちゃった。もっと期待していた部分があったのよ。実際、私。あれが革マルかって、腹が立ったのよ。それにしても、私たちって初めて会ったというのに、なんでこんな話なんかしているのかしらね」

ユリエは思い出したように、声を上げて笑い出した。車両の周囲の人々がいっせいにこちらを見るので、ユリエも美貴子も恐縮した。特にユリエは人々の視線を浴びて、さすがに小さく身を縮めた。今度は、美貴子が大声で笑い出してしまった。最初はくすくす笑いだったのに次第に大きくなり、止まらなくなってしまった。美貴子の方は周囲の視線がユリエほど気にならなかった。勘解由小路ユリエに気を遣い続けていたから、もう周囲はどうでもよくなっていた。

「なんで、初めて会った人とこんな話・・・・、面白すぎる、大学って・・・」

美貴子が笑い続けて、シャックリが出そうになってきて、今度はユリエが美貴子に注意した。新宿駅で空き、ふたりはその場からずっと離れた車両の端の席に、隣り合って座った。

「面と向かっていうのも失礼かもしれないけど、あなたって、本当にすごく頭のいい人ね。私はね、あなたの知識力に圧倒されてるの」

すっかり陽気になった美貴子は、こんな特別の友達に出会ったことを、合格祝いと誕生日祝いと夏休みの旅行を同時にプレゼントされたように嬉しかった。初対面の人物に、間違えばお世辞とも取れる賛辞をスラスラ喋っている自分に気づかないほど、美貴子は気持ちの流れるままに喋っていた。ユリエは、面と向かって世辞を言われて恥ずかしいらしく、躱そうとするように話題を変えた。

「中学二年からね、家庭教師についてフランス語を習っていたのよね。その人が東大の全共闘の話をよくしてくれてね。だからまあ、こんな具合に知っているの。デモにはちゃんと参加したわよ、一度だけだけど。あ、その家庭教師ってね、私が高校になってからもずっと習っていたの、いま東大から銀行に就職したわ、つまりこの人が今の私の彼というわけです」

「えっ、彼って、お付き合いしてるってこと」

「もちろん。その彼に追いつこうと、必死になってマルクスの『資本論』を読もうとしたんだけど、挫折しちゃった。というか全然読めてません」

ユリエがあっさり認めたその様子は、《彼》のいることを、あきらかに自慢していた。ストレートで衒いのない態度だが、入学時点でもう彼がいると聞かされた美貴子の方は、ユリエを凝視してしまった。やっと捕まえた美しい魚なのに、するりと手の間からすり抜けて、遠く大海へ消えていってしまったような、そんな隔たりができたような気がした。ユリエと美貴子は同じ大学一年生なのにユリエの円周は大きくて、美貴子の視野の遥か先まで拡がっていた。いったいこの人の居場所は、どのくらい遠いのだろう。ため息が出た。

渋谷から東横線に乗り換えると、美貴子の家は始点の渋谷から四つ目の駅なので、二人の話はもう終わる。美貴子は、十分すぎるほどの全学連の話を聞くことができたが、大事な事をまだ聞いていない。もうあと少し、残り時間は十分もない。

「勘解由小路さん、ところであなた、なぜこの大学を選んだの？」

「そうね、大した理由にならないかもしれないけど、一つには、違和感から飛び出したかったのよ。とにかく女子だけなのは窮屈でしょ。あなたもわかるわよね。それにああいう高貴なお生まれの方々が、他の世界を知らずに過ごすのは、私とは違う気がしていたの。ここの大学は、反骨精神で有名でしょう。体制を否定して個性を尊重する教育をしてくれる、そんな伝統があるでしょう。私は、自分を見つめてみたいとずっと思っていたから、この大学は理想だったの。もちろんレーニンの『国家と革命』、それにマルクスの『共産党宣言』は読んでいるわよ。でも好きなのはね、高橋和巳の『わが解体』。誠実に学生闘争に向き合っていて心にビンビン響いたわ。今日の話、表面的だったかもしれないけど。さて・・・と。もうすぐあなたの駅ね。肝心の革マルについては次にしましょうね。私たちこれから四年間もあるんですもの。ゆっくり、じっくり行きましょうよ」

美貴子は、ユリエの真摯な言い方に、今度こそほんとうに心がほぐれた。美貴子の知らない知識を聞かされ続けてきたから、どんなに高慢な人かもしれない、と思い始めてもいたのだ。ユリエは信頼できると思った。『我が解体』を読もうとも。

「まったくその通りね。大学で今日あなたに会えて、ドキドキするほどうれしかったわ。おかげで学生運動の現状の中身というか、歴史的経緯を知れたし。今日はほんとうにどうもありがとう。じゃまた、さよなら」

「私の方こそ、あなたと出会えて僥倖でした。初めてとは思えない。ずっと昔からの親戚の従姉妹みたいよ。それにしてもよく喋ったわねー。次はあなたの話よ。私の話、枝葉末節が中心だったわね、恐れ」

「いいえ、とんでもない。理路整然」

〈恐れ〉、が彼女の口元からまた出て、美貴子はまた身の引き締まる思いをしたが、初対面でこれだけ意気投合した友情に、もはや少しの揺らぎもなかった。

美貴子が自動ドアの外側に片方の脚をかけた時、ユリエが今日の締めくくりとなる数語を放った。

「あ、佐伯蓮ね。日比谷・東大の元全学連よ」

美貴子の耳が少しざわついた。背後でユリエはウインクでもしているかもしれなかった。

四

勘解由小路ユリエと佐伯蓮はやはり知り合いだったのだ。なぜか美貴子は、軽い嫉妬を感じた。が、さもありなん、あの二人の知識ならと納得して、すぐにそういう感情は消えてしまった。帰り道で、美貴子は、高校時代までには味わったことのない高揚感と充実感に満たされていた。周囲の見慣れた住宅の風景が美貴子の心を素通りしていった。

ただいまーと玄関で靴を脱ぎ、一歩自分の部屋に入ると、部屋が見たこともないほど貧相に見えた。ベッドにそのまま倒れこんで眠ってしまいたくなるぐらいの、圧倒的な欠如に美貴子はうちのめされた。こんなに自分がちっぽけだったなんて。

勘解由小路ユリエという女子学生は、素晴らしすぎるけれど、どうなっているのだろう。反骨精神に憧れてあの大学を選んだなんて、立派だ。しかしユリエの口から出た、複雑で入り組んだ膨大な量の知識を、その通り受け取らなければならないとすると、美貴子は、自らの無知に唖然としてしまう。なんという現実だろう？　自分の生きている時代がこんなふうになっていたなんて。自分の時代を知らないのは、自分について知らないのと同じことだ。これではまるで、タイムマシーンでよその時代のよその国へ連れてこられたようなものではないか。真剣なゲームをやらされているならまだいい。じっさいユリエのおかげで、美貴子は異様な大学を、高所から余裕を持って見渡すことができたのだ。しかしこれはゲームではない。ユリエの話が終わってみると、聞いた美貴子は、裾野の広い学生闘争の終末という、異様な姿の大学の圧倒的現実に直面させられていた。

削ぎ落としたい恥ずかしさが部屋に充満しているように感じられた。まずその恥が、最初にありき、だった。たとえ消臭剤を部屋に噴霧しても、大学と勘解由小路ユリエという現実が無くなるわけではないが、恥ずかしさの原因である自分の不適合へ向けて、今ここで消臭剤をかけたら、噴霧された過去の自分は机の隅にでも消えてしまうのだろうか。それとも窓から漂い出して、犬のくしゃみの原因にでも成り果てるのか。そこまで自己卑下したくなるほど、美貴子は落ち込んでしまった。否定しても否定しきれない。今日からでも今からでも、美貴子が、この自分の大学と向き合っていけるのだろうか？　涼しい顔をして平気で毎日大学へ通えるのだろうか？

ぐるりと見渡した美貴子の部屋は清潔に整っていて、美貴子の好み通りに仕上がっている。高校時代の受験参考書は全部捨てたし、全体を整頓してベッドの上の枕もクッションも変え、カーテンもそれまでのピンクのチェックから十九歳の女子学生にふさわしい紺と黒の縦縞に変えた。すべては新大学生に相応しく整えたつもりだった。新しい自分のための城を作り終えて、等身大の快適さに美貴子は満足したはずだった。それなのに、ベッドに横になると目の前の本棚は、とてつもなく貧相にみえた。あの文学部にふさわしくない。本棚と言えるのかどうか怪しいほど本のない本棚だな、と美貴子はしばらく眺めていた。

視線のちょうど先に、真ん中の棚が見えている。弟から借りっ放しの『あしたのジョー』と数冊のキネマ旬報、それに庄司薫の『赤ずきんちゃん気をつけて』の背表紙。その横にズラっと、なんだか分からなくなってしまったノートや交換日記やアルバムやら少女漫画と数冊の世界文学全集があった。真上の棚の端にひっそりと、聖書も納まっていた。新約聖書のページのみが黒ずんだ朝の礼拝で使い続けた女子校時代の記念品だ。その隣に文庫本の『罪と罰』と『悪霊』がおいてあった。これは、三月の連合赤軍の浅間山荘事件で、『悪霊』が話題になった時、弟に面白いぞと言われてお小遣いですぐに買ったのだが難しくて興味がわかず、ほったらかしてしまった本だ。その時、美貴子は、もしかして時代とマッチするチャンスがあったかもしれないのに、新左翼を知る契機になったかも知れないのに、『罪と罰』しか読まなかった。それだけで、昨日までは結構満足していた。こんな精神状態の本棚の持ち主のいったいどこに、レーニンの『国家と革命』やマルクスの『資本論』なんて、そんなものが置けるだろう。

美貴子が、平均的な女子学生と自負しても、これでは勘解由小路ユリエに「かわゆいわねー。よろしいんじゃございませんこと」などとからかわれるのがオチだ。美貴子の精神は、こまっしゃくれた中学生の、〈無垢〉なお嬢様ていどなのである。

「美貴子ー、お昼は食べないのー？　もうみんな済ましているから、あなたの分、自分で温めてねー」

階下から、きわめて良妻賢母たる母の、のんびりとした声が聞こえてきた。

「はーい。でも食べるかどうかわからなーい」

このまま寝込んでしまったら巨大な虫になって、と想像すると、なるほど虫になる人の気持ちがわかるような気がした。

「おい、美貴子、キネ旬返して」

一つ年下の弟がノックもせずに入ってきた。

「なんだ、ふて寝かよ。昼間っから。大学生って結構な身分だな。受験生の方がよっぽど大変だ」

「余計なお世話だわ、ノックぐらいしてよ。大学に行ったこともないくせに、何もわからないあんたなんかに、言われたくない」

あ・うんの呼吸で話せる弟に、だからこそ言える半分甘えのまじるツッパリで応じた。読書や勉強に関しては弟にとても叶わないのを、十二分に自覚してしまった美貴子は、そうした弟に敬意は払っても負けたくないライバル心も当然あるので、姉弟はいつも二人でしか通じないような、どっちが姉だか弟だかわからないあ・うんの呼吸で、他人が聞いたら喧嘩腰のようなやりとりをしている。

「そりゃ、ショックもわかるけどさ。薔薇色に描いてたんだろ。ハンサムな男子学生と出会えるとか。あの大学じゃね、ムリ、ムリ」

「バカ。そんなんじゃないわよ。『キネ旬』と『あしたのジョー』、取りに来たんでしょ。ぜーんぶ持って行って。読んじゃったから」

「じゃあね、ま、ボチボチやりなよ。ああ、そうそう、この『超国家主義の論理と心理』、丸山眞男の論文だけど、これ結構面白かったよ、貸すから読みな」

「ふーん、あんた、そんな難しいものを読んでいるの？　わかるの？」

「だって、東大闘争ってさ、丸山眞男の教室襲撃から始まったんだよ、東大を受ける僕としては、丸山眞男は読んでおかなきゃさ」

「知らなかった。でもね、学生闘争の実態は、そういう理論ではわからないんじゃない。狂気のバカのお祭りよ」

「へえ？　言うねえ」

「ううん、違う、違いました。長い歴史的経緯を経た、学生たちの思想の格闘と試行錯誤よね、学生運動って。日本共産党から始まったんだし」

「ふーん、少しは関心が出てきたのか、美貴子も。学生運動に」

「とにかく。ずーっと貸しといてよ、丸山眞男。すごく時間がかかりそうだし。だいたい大学に入ったんだからゴマンと本を読まなきゃならないのよ。あ、『キネ旬』と『あしたのジョー』、ありがとう」

　弟は、静かにドアを閉めて出て行った。弟と学生運動について話したことはなかった。弟のほうは、以前から真面目に考えていたようだ。毛嫌いしていた自分とは雲泥の差だ。あんなに読書をしていたなんて、知らなかった。それにしても美貴子は、勘解由小路ユリエの話で、一日にして影響されてしまったものだと、自分の口から出てくる言葉が信じられない。

　静かだった。弟が置いていった本が、机の上にポツンと置かれている。平凡ないつもの夕暮れなのだった。開け放した窓から春の樹木の放つ緑の匂いが流れてきた。

美貴子は今の自分の立ち位置で、新左翼の革マル派の学生たちを漠然と想像してみる。

たしかに、勘解由小路ユリエから聞いた説明によると、新左翼の学生たちというのは、どうやら遠大な理想を持って出発したらしい。目的はよしとしよう。しかし、どうしても手段は認めたくない。目的は手段を正当化すると、高校の世界史のどこかで習ったことがある。有名な政治家の言葉だったかもしれない、嘘だ、真っ赤な大嘘だ。崇高な革命を達成するために、手段を選ばず、暴力に訴えることを正当化するなんて、どこかに論理のすり替えがあるような気がする。なぜなら、この理論に則れば、日本を降伏させるために原爆を広島・長崎に落とすことが正当化されてしまう事になるではないか。そんなことは絶対にあってはならない。何がなんでも、それだけは絶対に阻止し、人間の尊厳を守らないといけない。「誰に何を言われても、譲れないものがある」という考えが好きだ。美貴子は自分は正しいと思っていたかった。

あの教室で滔々と演説していた彼らにとっては、この春の木々の芽吹き、新緑の香りは、心地よくも美しくもなんともないだろう。匂いさえ嗅いでいないだろう。彼らにとって美しいものは関心の対象とはならないのだ。彼らの対象とする世界は無味乾燥な抽象の世界でしかない。その世界の中心にあるのは革命理論のマルクスであり、ロシア革命のスターリンとトロツキーという人間の肉体をもたない英雄だけだ。そんなガチガチの理論に縛られて、人間は幸福なのだろうか？　学生の自由は理論を尊ぶことによってしか得られないのだろうか？　勘解由小路ユリエに、また感情に訴えると冷やかされるかもしれないが、論理は、大元で感情と結びついていないだろうか？

しかし、美貴子にとって大元の感情ってなんだろうと、ふと思う。この点だけは絶対に譲れない思いとは何かと。しばらくの間、答えを求めて真剣に考えていたつもりが、開け放たれた窓から入ってくるよい香りに心を奪われてうっとりしてしまった。美貴子は、木の芽の匂いを吸い込み、ベッドの上で四肢を伸ばす。貧相な部屋でも若いエネルギーがつまっている感じがした。大学で入学式を終えた後の春の美しい宵だった。一度しか訪れない青春の匂いが部屋中にみなぎっていた。ありふれた感性だなあとくすぐったくもなった。しかし美貴子には、恩寵のようなものも感じられた。自分の大学にも、春は同じように芽吹いているはずだった。恩寵といってもいいのではないか。十九歳の青春の大学は。

しかしあの、明日から通い続けるスロープ上を想い浮かべると、また気持ちが沈んでくる。奮い立たせようとしても、どうしても暗いし、暴力的イメージで埋め尽くされた構内だ。まるで美しい料理に舌鼓をうとうとする瞬間、後ろの厨房に通されて、乱雑な食器と野菜のくずや切り残された肉の塊のゴミの山を見せられ、味覚など感じなくなってくるような、台無しな舞台裏なのだった。せっかく入学した青春の表舞台なのに。

佐伯蓮は何と言ったっけ。とても文学部らしい言葉だった。

「いずくへか遁れる、無益、かつ倒錯した反抗の中を」

誰の言葉だろう。難しくて意味がわからない。佐伯蓮が言った真意もわからなかった。文学部から新入生たちが遁れようとして、革マル派の学生たちが無益に倒錯して反抗していると、考えるのかなあ、あのタイミングで言われた言葉なのだから。いや、倒錯して反抗しているのは、革マル派だけではなく、私たちのことでもあるのだろうか、両方かもしれないとも考えられた。

美貴子は、ため息をついた。日比谷東大の全共闘だったという佐伯蓮の頭の中は、どうなっているのか知りたいものだ。とてつもない秀才なのか、それともただの強がりの気障男なだけなのだろうか？　背が小さくて小太りの白いおかしなスーツを着ていても、軽薄な都会人ではなさそうなのだ。花びらをとってあげたら、照れ臭そうにしていたっけ。佐伯蓮の全体像はまだ謎だ。あの勘解由小路ユリエの迫力と博識も、きっとこの春の宵の充実の源なのだろう。二人への対抗意識のようなものがふつふつと湧いてきた。美貴子は、大学の現状に真向からぶつかってみようと決心していた。

五

夕食で、家族の皆から質問が集まったのに、美貴子は話したいことが次々に浮かんできても、興奮していて言葉がスラスラ出なかった。それに、今の大学の全貌を家族に簡単に説明できない。うまく言葉を選ばないと、誤解をあたえてしまいそうだった。それでも母の問いになにげなく「大学というところは迫力がある」と応えたものだから、妹と弟が、「どんなふうに」と突っ込んで聞いてきた。とくに帰宅時の美貴子の様子を知っている弟は、よりツッコミが鋭い。美貴子の大学が革マルの巣窟であるのを知っていて、安田講堂のキッカケとなったあの丸山眞男を読むぐらいだから、学生運動に関心があるのだ。

「そうなのよ。教室へ行くまでの長いスロープの両側にね、タテカンがズラリと並んでいて、歩きにくいっていうか、暑苦しいのよね。それに、教室へ新左翼の学生が入ってきてアジテーションまでするんだから」

両親を心配させまいと出来るだけ表面をなぞっただけなのに、二人とも現状を見通してしまった。

「それは・・・。これから普通に授業が行われるのだろうか」

父が渋い顔をした。

「女子大だって受かっていたのに、あの大学に行きたいと決めたのはあなた自身なのよ。少々のことは覚悟しないとね」

存外、母は度胸が座っている。父は、母の言葉に不愉快そうにまゆをしかめた。

「へー、お姉ちゃん、面白そうじゃん。なかなかそういうのって、ないよね」

「おい興味本位に言うなよ、由美は気軽すぎるよ。あの大学はさ、新左翼の一大勢力なんだぜ、特に文学部。美貴子なんかテントウ虫みたいなもんだし」

「どうして私が、テントウ虫なのよ」

「お兄ちゃんの言う意味、わかる。お姉ちゃんってさ、うちではダラーっとしてるくせにさ。外に出るときは、やけにお洒落していくもんね。ちっちゃい背中の赤い丸は目立つよね」

「由美ちゃん、私が大学に入って羨ましいからって、あんた、言っていいことと悪いことがあるでしょ」

「別に羨ましくなんかないよ。私、今の高校生活、エンジョイしてますから」

「僕の言いたいのはさ、美貴子はさ、せめてカメレオンぐらいになれってこと。ああいう学生運動の盛んな大学じゃね。相手を惑わせるすべを身につけたほうがいいよ」

「まあ、そんな技を身につけるより、きちんと勉学に励みなさいね。せっかく入学したんだから」

「お母さんの言うとおりだよ。学生運動が盛んでも、そう簡単に学問の府が地に堕ちることはないだろう。それに法治国家の中の大学なんだし。おそらく日本人のバランス感覚が働いて、収まるところに収まっていくのだろう。まあ、美貴子はよく考えて行動することだな」

父の総括で、みなの話題は、しだいに次の日曜日のお墓参りに移っていった。昨年のお墓参りに草取りをしなければならなくて、伸びきった草に閉口したことが話題になった。田舎の叔母が、お墓から徒歩で二キロの距離をいったん帰って倉庫から鎌を持ち出す騒ぎになり、美貴子たちの家庭の準備不足が浮き彫りになったのだ。母は弟の嫁に普段から気を遣っていたから、これには相当恐縮して、今年は自宅から鎌を持参しなければと、みんなに言って納得させ、カレンダーの日曜日に〈鎌〉と書きこみ、丸で囲んだ。鎌丸・カママルと読めた。

美貴子は、その鎌の字を見てあまりいい気はしなかった。暴力を連想した。鎌だなんて、バッサ、バッサと手当たり次第切っていく。相手は人ではなく草なのだから薙ぎ倒して当然なのに、その薙ぎ倒すという発想自体も、なぜか角棒を思い出させた。まだ美貴子は大学校内で角棒を見てはいない。しかしあの革マル派たちがどこに隠していてもおかしくはなかった。トイレの隅に、地下の部室にたんまり隠しているのかもしれない。意識しすぎだ。第一、鎌丸・カママルと読むのではない。丸鎌・マルカマと読むのに過ぎなかった。

六

授業が始まると、文学部の授業は多岐にわたっていて、美貴子のノートの真新しいページには、刺激的な文字が次々と書き込まれていった。同級生の誰かがレポートだけで単位がもらえる科目があるという情報を仕入れてきてくれたので、生物学や人類学の講義には登録だけして、出席必須の授業にせっせと通った。興味のある文学に関する講義は、とくに熱心に出席した。名物教授の講義といわれる宗教学や、『正論』で論陣を張っていた評論家で客員教授の授業も、興味津々だった。ただ宗教学の講義は大教室で行われたから、サボろうと思えば存分にサボれるのだった。美貴子は、一番後ろの席に陣取って横に座るユリエと、授業のあいだ中ノート上でおしゃべりし続けるという、究極の軽薄な女子学生をやった。これが味をしめた。こんなに楽しいことなどないと思ったほどだ。美貴子とユリエとは、人間観察を、とくに男性の趣味について論理を組み立てるのに真剣だった。おかげで宗教学の教授の授業は、多すぎるダジャレや世間話の合間にちらりと真理が述べられるらしかったが、それをほとんど聞き逃してしまった。教授は、宗教という学問をそういうダジャレにくるんでしか話さないような名物教授、というだけあって独特の講義をされたのだ。ふたりとも未来のパートナー像を創り上げることに懸命だった。ましてやユリエは現実に彼がいる。二人には講義が全く耳に入らなかった。

「君たちはさ、あの名物教授のたった一言ですら聞き逃しているんだよ、もったいなさすぎる。後悔するよ」

大教室を出ると、佐伯蓮に呆れられ、譴責された。宗教学の大教室では、佐伯蓮は美貴子とユリエのすぐ前の席に座るのが常だったので、二人のノート交換によるお喋りの様子を目で見ているかのようにわかっていた。

「言っとくけどね、僕、ノート貸してあげないからね」

釘を刺された。それでも、佐伯蓮は見事に教授の授業を要約してくれた。宗教学を専門にすると公言していた佐伯蓮は、それは熱心に聞いていたようで、興奮冷めやらぬ感想を、美貴子たちに聞かせたくてしょうがなかったらしい。ユリエも美貴子も、佐伯蓮の話を真剣に聞いた。専門的知識は群を抜いて詳しかったし、話しぶりが巧みで、映画や音楽の話に脱線することは多々あったがその脱線部分も楽しませてくれたし、実に面白いのだ。

たしかに美貴子もユリエも大切な授業内容を全く聞き逃してしまったことを、指摘されずとも後悔はしていた。しかしそれでも、そう簡単にこの極上のお喋りはやめられない。その場は「バカにされたわね」とユリエが苦笑し、「でもねー、やっぱり楽しいもの」と美貴子も平気だった。後からすぐに佐伯蓮が要約してくれるのだし。外の革マルの動向もどこ吹く風、新入生の教室の四月当初はこんなに愉快なのだった。

フランス文学の授業では、サルトルの『嘔吐』を読んでいた。フランス語文法の授業では、教材として、フランス語の基本を学べるような、カミュの『異邦人』を読んだ。実存主義の流行が少し下火になってきてはいたが、相変わらずこのフランス実存主義を代表する両英雄の代表的著作を教授は選んだし、仏文学志望の学生たちはフランス語の力はともかく、教材の選択には満足していた。とくにカミュの『異邦人』は人気があった。美貴子は『異邦人』が苦手だった。主人公が好きになれなかった。もとより実存主義自体に知識がないのだから、物語の内容に興味が持てなければ、主人公を嫌いになってもしようがなかった。

なぜ母親が亡くなったのに無関心で無感情で、距離を置くのか。母子家庭で母親に反抗しているという設定ではなく、主人公のムルソーもやけに淡々としており特殊な閉鎖性を持った人物とも書かれていない。話に無理があると思い、美貴子はつまらなくなってしまったのだ。不自然に感じられてしょうがなかった。カミュが〈実存〉とはどういうものであるか、人間存在のあり方を示した〈すごい〉小説なのだそうだが、美貴子にはわからなくて、それでもクラスメートたちがすごい、すごいと言うので、そういうものなのかなと、なんとなくわかったふうな格好で読んでいくのは、小説を読む快楽とは無縁だった。悔しかったから、生協の本棚で見つけたカミュのもう一つの著作『ペスト』を買って、日本語で読んだ。幸い、こっちは面白かった。感染症に対する人々の連帯と友情、人類の内面の闘争が深く分析されていた。カミュは個人を超えた人間愛を展開して見せてくれ、『異邦人』のムルソーの孤絶、やり切れなさより、美貴子は『ペスト』の方が好きだった。なにより主人公・医師リュウーの信念の固さ。未曽有の疫病に立ち向かう意志の迫力。読み進むに連れて、魅力的な親友タルーとの絆が深まっていくのが素晴らしい。二人を軸に架空の街オランに繰り拡げられる人々のそれぞれの立場、性格、思惑を読んでいると、自分はいったいどのタイプの人物なのかと思わず考えさせられてしまう。終わりの方で、疫病が終息したのを確認した二人が、夜の海で泳ぐシーンは、とりわけ忘れられない名場面だ。希望とは、一人一人の勇気と根気強さと科学的知見に基づき、そして、かけがえのないお互い同志の連帯なのだと、感動する。

この時期こんなふうに美貴子だけではなくみなが授業の内容に熱中し、真剣に本を読んで議論し合い、キチンと出席していたのは、のちに振り返ると不思議なくらいである。しかし革マルの巣窟である文学部がそう易々と学生たちに日常を送らせてくれるはずはない。学生運動は、二月の連合赤軍の事件以降異質なものへと進んでいたようだったし、目を凝らせば、文学部の歪みは授業が終わる頃にほころびとして表れているのに気づくこともあった。そして加速度的に変質していくのだが、それはもう少し先の話だ。

一九七二年の春は、こうして、授業の終わり方が普通ではない程度で済んでいた。

普通ではない程度、というのは、カリキュラム通りではないということで、他の大学、いや他の時代の大学の学部なら、違和感を感じて当然という意味だ。なんといっても革マルのメッカと言われる文学部なのである。普通ではない程度の授業の終わり方とは、普通の学生に不愉快を強いていた。

教室への出席を必須とされていた授業では、ほぼ常時、授業終了のチャイムと同時に革マルが教室に入ってきてオルグが行われる。出席している学生たちにとって残って聞くのは、強制力を持つものではなかったし注意されるわけでもないから、彼らを無視していっせいに帰ることは自由だった。しかし、そうはいっても、授業プラスアルファはテレビコマーシャルならばさっさと消してしまうオマケにすぎないが、強制力がないとしても、黙って反論もせずにテレビをつけっぱなしで席を立って行くなら、お前たちノンポリは愚鈍だ、馬鹿だ、と言われているようだったし、そうまで思わなくとも、入ってくる学生達の凄味がまるで太平洋戦争時代の憲兵みたいに思える有様だったから、こうしたオマケのテレビコマーシャルの状況は、なんとなく真剣に見てしまうような本番組だった。革マル派の学生たちは、帰る学生たちを明らかに威圧していた。権力も権威もないくせに、大学の学生たちを独裁政治の下に置こうとしているかのように見えた。

それでも、学生というものは要領を身につけているものだ。何度もこうした状況が重なってくると、皆、あっという間に教室から出て行くようになっていた。美貴子もユリエももちろんすぐに席を立った。後に残るのは革マルのサクラとしか思えない数名で、そういう人は物好きとしか美貴子には思えないし、話す機会もない、ただ同じ教室にいるだけの同級生だった。

ところが今日は、隣りのユリエが席を立とうとしなかったのだ。促しても、お尻が椅子にへばりついている。ユリエが何を考えているのかわからなかった。その日のユリエの背中は、強く現実をはねつけようと主張をしているようで、声をかけることさえためらわれるほどだ。黙ってこのまま残っていると、牛のよだれのようにダラダラとオルグが続いて行くというのに、なぜか彼女は構わず座り続けていた。オルグの中身が革命論理から他派閥への中傷に移りつつあった。とうとう話が終わり、自己満足した革マル二人は引き上げて行った。と、ほぼ同時に、ついに一人の男子学生が吼えたのだ。抑圧されていた不満が突出してきたような声だった。

「おい、みんな、このまま帰るのはどうだろう？　ここらで俺らも話し合いを持ったほうがいいんじゃないでしょうか」

オリエンテーションの高下駄だった。教室には、当人と美貴子とユリエを含めて、わずか六人しか残っていなかった。

「あなた、よく仰ってくれたわ。こんな革マルの横暴に黙って従っているなんて、あり得ないでしょう。私たちがおとなしすぎるのよ。何とかみんなで結束しなければいけないわ」

なるほどユリエは、今日こそ怒りを爆発させようと、じっと堪えていたのだった。あの高下駄と時を同じくしたのはたまたまだったのだろうけれど、オリエンテーションの時もそうだったように、存外二人は気が合うらしい。

「賛成です。こんな屈辱に黙って耐えているのは不自然だと思います」

地味な服装の、一見目立たないが意志の強そうな女子学生が椅子を蹴るようにして立った。みな同じ思いなのがヒシヒシと伝わってきて、美貴子もうながされるように、立ち上がっていた。

「私もそう思います。私たちの正当な権利を奪われて黙っているのは、おかしいことです」

残っていたのは、女子学生三人と男子学生三人の六人。美貴子とユリエと発言した女子学生。それに佐伯蓮と言い出した高下駄に、もう一人男子学生がいた。

「おお、威勢がいいね、女子学生は。でもさ俺はね、あくまであいう革マルとは直接対抗しようという意味で言ったんじゃないから、誤解しないでくださいね。俺が提案したかったのは、実は読書会なんだ。こういう状況に反抗するために、同級生で読書会でもしませんか、ってことです」

女子学生たちの気勢に慌てた高下駄は、ブレーキをかけるような具合だった。

「いいんじゃない。当たり前よ、みんな革マルとなんか直接関わりたいと思うわけがないでしょう。そんなことを私は言ってません。私は結束しようと言ったつもりよ。誤解しないでね。結構よ、読書会。誰があんな革マルと暴力で対峙しようなんて、思うのよ」

ユリエは、口を尖らして高下駄に抗議した。美貴子は、ユリエの、それこそ〈鎌〉でスパッと切る切れ味のいい語り口に爽快感を感じてうなずく。

「それは正しいよ。自重が肝心だから。あまり威勢がいいのは無謀だし、無知とも紙一重だからね。君たち、新左翼の最近の動向を知らなさすぎると思うよ」

佐伯蓮だった。もう一人の男子学生が何かを言おうとしていたが、それを遮って高下駄が言った。

「そうだよなあ、男はさすがに現状をわかっている。その上でどう対応するかを話し合わなくっちゃ、というのが俺の趣旨なんだから。それにしてもオタク、本当に元気がいいよね。あのオリエンテーションの時も俺が言ったら、すぐ突っ掛かって来たでしょ、たしか」

高下駄は、勘解由小路ユリエに興味津々だった。

「覚えていただいていて、光栄だわ」

ユリエは、うるさそうにしているだけで、横柄とも取れる態度で高下駄に応じた。

「あの、オタク、どんな方なの？　自己紹介してもらえないですか？」

「それは、順序が逆でしょう。言い出したあなたの方からなさいよ」

「それもそうだ。これは失礼いたしました」

高下駄は素直だった。一本取られているから仕方がないだろう。

「俺たち教室にいて顔ぐらいはお互い知っていても、今日が初対面みたいなものだから、みんなで自己紹介から始めますか」

皆がうなずいて、高下駄は続けた。教室の外は静かだった。この日は午前中に必須科目が一時限だけあって、午後からまた教養の語学の授業がある。学生たちはみな水が引くように教室にも中庭にもいない。あと半時間もすると中庭に革マルたちがやってきて、いつもの集会が行われ、拡声器の声が響き始める。

「では言い出しっぺからと言うことで。俺は、川田平蔵です。出身は静岡県にある農家。俺んち、けっこう畑持ちなんで、いやー、のっけから自慢で失礼」

誰かがちっとも自慢じゃない、と言った。勘解由小路ユリエではない。

「いずれ親父の後をひき継いで経営していくことになっています。だからいまはモラトリアム。ま、俺、神童って言われて田舎じゃ優秀だったんです。みんなの方がもっと神童かもしれないけどさ。このクラスは仏文科を目指す人が多いだろ。でも俺は、もともと『古事記』とか、そういう日本の古いところをやってみたいのよ。この大学の日文は定評があるからね。全共闘は知識として知ってるよ。それに、この大学の文学部が革マルの本拠地だということも。でも、俺はそういう大学闘争そのものにあまり関心が無いんだ。はっきりみんなに言っとく。俺の属する階級が労働者階級から搾取するとか、マルクスの分類は経済学的にはすごいのかもしれないけど、俺から言わせると、事実を知らないインテリの上から目線としか思えない。俺んちなんか小作の人たちを大事にして、彼らからすごく慕われてる。搾取されてるなんて、小作人たち全然思ってないぜ、これホントウ。事実。むしろみんな笑っているよ。

村の鎮守の祭りではさ、俺とこの親父は、宮司をうんと助けて下働きをやって盛り上げてものすごく感謝されててね、村のみんなに。小作人たちがお墓に入るお寺の檀家で、ずーっと世話しているしさ。ま、地主として当たり前のことやってるだけだけどよ。淡々とやるだけだ。みんなはね、コメやら芋やら大根やら、出来上がったばかりの酒やら嬉しそうに持ってきてくれるんだぜ。う・れ・し・そ・う・にね。地主の仕事ってさ、懸命に農村を支えることだから、小作人に伝わらないはずがないよ。地主が誰よりも自分の村を愛してくれているのを知っているんだ。もちろん、感情的におぼれての発言じゃないぜ。村の成り立ちの根底は地方自治だ。政治。それと村人の土地の神様への信仰なんだよ。そこを尊重し考察していくのが『古事記』だと俺は思っている。そりゃあ都会の学生たちがマルクスに興味を持って学園闘争したって自由さ。学生の特権さ。だけど、世界の成り立ちはそれだけじゃ全然無いんだ。傲慢だよ、さっきみたいなのはさ、押し付けるなってえの。自分たちだけが真実を知ってますって顔をするなよ、と言いたいのを俺はじっと我慢してた。腹が立って、腹が立ってしょうがなかったぜ」

川田平蔵はなかなか雄弁だった。美貴子は、高下駄を見直していた。故郷をいとおしみ、等身大の自己に依って話を組み立てている。決して表面的ではない自らの体験に基づいた発想で好感をもてた。その上で『古事記』まで読んでいた。今日から川田平蔵くんに格上げだと美貴子は思う。川田平蔵は、日本人が営々と積み上げてきた生活の地盤の上にあの下駄を履いて立っている。だからこそ、本気で怒っているのだ。村で鎮守の祭が行われ、そういう日常の風物と溶け込んで生活してきて、村の人々と苦楽を共にしている地主の父親とともに、この川田平蔵の家庭があるのだ。だから、川田平蔵は、『古事記』を学ぼうとして文学部へ入った。それなのに、日本史や日本人の原風景なんか無視するどころか、むしろ否定して、日本人には縁の薄い、しかし流行の先端というだけで特別に優れているかのようなマルクス理論をかざし、歪める学生たちに、そして我が物顔に学部を牛耳ろうとする革マル派に対して、心底違和感を感じるのだ。川田平蔵の怒りからは、日本人の原風景が拡がり、祖先の人々の姿が見えた。

向こうに座っている男子学生が、おもむろに立ち上がった。

「僕、茨城の水戸出身で、利根宗介と言います。僕も川田君と同じ地方の出身ですが、地主の息子ではありません」

「いちいち言うなよー、別に地主が偉いわけでもなんでもないんだからさ」

川田平蔵が茶々を入れた。利根宗介は笑ってかわす。

「日文専攻で、三島由紀夫をやりたいなと考えています。僕は、多少川田君とは考えが違います。なぜなら、僕は全共闘運動そのものには、とても興味があるからです。もちろん、暴力は否定します。革命には暴力はつきものだと以前は思ってきましたが、あの連合赤軍のリンチ事件以来、もう全面否定の考え方になっています。新左翼については、革マルも中核もどっちもどっちだと思っている。内ゲバなんて、最低だね。ああいう人間のクズに新左翼が堕してしまうのは、どう言うんだろう。まだ僕の中で結論は出ていないけど、とにかく僕は、学生運動における暴力は絶対許したくないと思っています」

ユリエが美貴子の膝の上をぽんぽんと叩いて、目配せをした。いよいよ話が佳境に入ってきたと言うことを言いたいのだろうか。美貴子は、黙って聞いている。

「君は、三島由紀夫が専門なんだね。二年前の自死はいまだ強い印象だし、三島の研究者たちをはじめ批評家連中もショックを受けた文学者たちも、誰ひとりとしていまだに真相の解明には至っていないよね」

佐伯蓮の言い方は、モノローグのようにも聞こえた。三島由紀夫にかなり興味があるらしい。

三島由紀夫は、二年前に死んだ。あの市ケ谷の自衛隊駐屯地で決起を促して、壮絶な自死を遂げたのは、まだ誰の心にも生々しい。あれほどの大作家が行なった奇異なパフォーマンスには、日本中が衝撃を受けた。それからもう二年、されど二年しか経っていない。それだけ影響力のある作家である。利根宗介のような熱烈な三島信者の学生がいるのは、小説家を多く輩出しているこの大学なら居て当然だろうと、美貴子は思う。美貴子にとって、三島由紀夫の死は、到底理解に苦しむ奇異なパフォーマンスとしか考えられなかった。

「やめてくれよ、そういう言い方。あまり高所から物を言うのは、感じのいいものじゃないよ。誘導尋問には乗らないぜ。それに僕は、何も三島の自死だけに興味があって専門にしようなんて、ちびた胡瓜じゃない。対象は、あくまで三島由紀夫の文学だからね。彼の自死は作家個人の一部であって、そこから文学を解明して行くのは邪道だよ。そういう行き方を僕はしたくない。ましてや自死が文学を象徴するものでは全然無い。たとえ評論家連中のいう、最も衝撃的な出来事として重きをおいてもね」

利根宗介の反発には、自負が感じられた。

「おお、失敬。そんなつもりはないんだ。君に聞きたいのはさ、三島由紀夫って、全共闘に理解を示したじゃない。あの東大でやった東大全共闘と三島由紀夫とのやりとり、面白かっただろう。君も、もちろん聞いたはずだ。三島が『文化防衛論』で共産主義を否定して、だから共産党も民青も否定するのはもちろんだけれど、戦中派で天皇絶対を考える文学者たる三島由紀夫が考える近代民主主義って、本当はどういうのかな、なんて、僕は疑問に思っているんだ。そこんとこ、どう考えるの？」

「僕が思うに、三島由紀夫という人は、天皇への忠誠や愛国心において、戦争で犠牲になった青年たちへのオマージュがまず第一にあって、そこは彼は譲れないんだ。『英霊の声』で言っているようにね。それに、三島にとって〈天皇制〉とは、『古事記』以来の日本という国の文化共同体の存在証明だからね。日本をこよなく愛する作家たる三島由紀夫は、前提の崩れた戦後の民主主義を欺瞞と詐術としか見れなかったんだ、と思うな」

「なるほどね、だから、全共闘が六全協に反対した近代民主主義に対する甘さの批判と、ある種、共鳴し合うのかもしれない」

　美貴子は、二人の活発な三島論議に神経を集中したが、内容はさっぱりわからなかった。勘解由小路ユリエの高いソプラノがキーンと響いて、教室のガラスがカタカタと振動した。

「もう、どうでもいいんじゃない、三島由紀夫のことなんて。お二人さんでやってよ。私、三島由紀夫って大嫌いなの。ごめんあそばせ。あのパフォーマンス、考えただけでゾッとするもの」

　二人の男子学生の知識と見解をこんなふうに簡単に切り捨てるのが、ユリエらしかった。美貴子はそれはないのではないか、せっかくの議論なのにと、皮肉の一つも言いたかったが、ユリエの自信とは、そういう現れかたをするものなのだと思う。

「おお、真打ち登場、ですね。ということでお待たせしました。勘解由小路さん、どうぞ自己紹介をお願いします」

　川田平蔵の一言が、場の空気を変えた。高下駄、いや川田平蔵はすでに同級生達のムードメーカーの役割を自認している。このテの陽気な仕切り屋が一人いてくれれば、全員が必ずしもついていけない二人だけの議論の風向きを変えてくれるのは、ありがたかった。ユリエはおもむろに席を立った。指名を待ちかねていたらしい。

「それではご指名により、自己紹介をさせていただきます。私は、勘解由小路ユリエと申します」

ユリエは、〈私〉を〈わたくし〉、と言った。

「目白にある学校を中学・高校と女子校で通してきて、とても窮屈を感じていたので、いまようやく、男女共学の大学で解放された気分を味わっています。フランス語はたまたまですが、中学校の時から学校でフランス語が教科だったので習ってきました。専門の研究は、今のところ、サルトルにしようかなと考えています」

サルトル、に「おおー」という反応の声が男子学生たちから洩れた。美貴子は、サルトルを授業でしか知らなかったから、この時の皆の反応は気になった。

「そのー、失礼ですが、ご出身はつまり学習院ですか？　じゃ、やはり」

川田平蔵が言った。

「ええ、そうよ。隠してもしょうがないから、正直に言いますけど、父の家系が平安時代から続いている勘解由小路家です。私自身はこういう出自に関する話題はいたって苦手なので、以後聞かないでください」

へーっという声と同時に、川田はショボンとした様子をワザとした。勘解由小路ユリエは、もう済んだと、川田を無視する。次に立って自己紹介を始めたのは、その場で最も地味なのに、どこか存在感のある女子学生だった。

「皆さん、初めまして。木嶋圭子です。長野県の諏訪の出身です。私は、勘解由小路さんとちがって、まだ専攻は決定していません」

「そりゃ、そうだよ。利根君にしたって特別だよ」

川田がフォローする。

「毎回革マルの演説を聞かされていると、皆さんはどう思っているのかな、と気になっていました。さっき、新左翼を知らなさすぎるって、言った方がいましたけど、私は新左翼のことを本当に何にも知らないので、この際、教えていただけたらと思っています。あ、それからこんなふうにクラスで仲間を集めて下さってありがとう、川田君」

新左翼について教えて欲しいのは、美貴子も同じだった。それにしてもこの木嶋圭子さんは、堂々としている。誰に遠慮する必要があるのだろうと平然とした顔には、照れもない。

「いや、どうも。こちらこそ初めまして」

川田は照れ臭そうに言った。木嶋圭子さんの話は続く。

「私は、全共闘とか大学闘争には無関心だったので、毎回聞かされる、さっきの革マルの演説のようなのには、初めはびっくりしていたのですが、このごろ不愉快を通り越して腹が立っています。だって、一部の人が文学部を牛耳るのは、おかしいじゃないですか。あれじゃ、考え方を強制しようとしています。ナチみたいです。私たちは、授業料を払っているのですから、授業を邪魔されずに受ける権利があります。タテカンやスロープや中庭でのスピーカーの演説など、大学ってこれで当たり前なのかって、おかしいです。皆さんはどう思っていますか。二月に起きた〈連合赤軍あさま山荘事件〉ですけど・・・。あれは私とは全然関係がないと思っていたのですけれど、この大学で毎日革マルの演説を聞かされて、革マルたちが武装闘争だなんて言うから、何か、あんなことがこの大学でも起こるんじゃないかと言う気がして、怖くなっているんです」

誰もがうなずいた。皆、おなじようなことを思っていたのだ。佐伯蓮が窓際からぐいっと椅子を引き寄せてきて、熱心に話し始めた。

「木嶋さん、僕もそう思いますね。〈連合赤軍あさま山荘事件〉というのはね、表面の現象だけではなくて、もっと徹底して検証されねばならないひとつの課題として、捉えるべきなんだと思う。実に唾棄すべき、許してはならない行為だからね。みんなで新左翼を一から検証しなければならないんだよ。そうでしょう、連合赤軍のあさま山荘事件というのは、新左翼の腐敗の極みであるとともに、革命運動の持つ暴力の最悪の側面、粛清、つまりリンチに行き着いたのを公然と見せ付けたのだから。あれはまずい。まずい、と言うのには語弊があるな。そうじゃなくて、許せない、と言わなくちゃね。全共闘運動というのはさ、あくまで学生の本分を尽くした運動としてスタートしたのにだよ。政治家ではない学生が革命を目指して、革命理論を考えて行動していったその果てに、リンチが存在した。リンチしかなかったんだ。僕もとてもショックだったよ、木嶋さん。あれでマスコミは、新左翼を悪の代名詞として定着させ、世論も総雪崩状態だ。ぼくたちに残された印象は、卑劣な残忍さだけなんだからな。粛清なんか人間のやることじゃないよ。新左翼は地に堕ちたよ」

佐伯は悔しそうに、言葉を吐き捨てるように言った。途中から木嶋さんへではなく、自分自身に向かって独白しているようだった。ときどき勘解由小路ユリエの方も見ていた。木嶋さんが、佐伯蓮の能弁に驚いたように続けた。

「そうですよね。いったい、どうしてあんなことをするんだろうって。だって、仲間を殺したんですから。新左翼って、仮にも共産主義社会の実現を目指している思想家と言ってもいい学生なんでしょう。あり得ないじゃないですか。自己批判でしたっけ、内実はリンチ殺人事件だと新聞で読んで、恐怖を感じました。まさに恐怖政治じゃないかって。十二人も殺されたんでしょう。私、背筋が寒くなりました」

「そう、まさにその恐怖政治が問題なんだよ。学生闘争の内部には、本質的に暴力の兆しが巣食わざるを得ないのは構造的な欠陥だと、僕は心底思うよ。ヴォーリンという男がさ、〈共産主義権力というのは、国内の経済生活の水準を維持するために最終的にその代行として強制と暴力とテロルを持っていて、これを広範囲に組織していかなければならない〉と、言ってるけどね。この男、レーニンと反対の立場をとった男だけど。しかしだからと言って、新左翼が粛清をして、挙句、殺人にまで突っ走ったのは堕落だよ。残虐の極みだよ。許せないよ」

水を打ったようにシーンとなってしまった。佐伯蓮が怒りで顔を真っ赤にして喋っていた。

誰もが佐伯蓮の言葉とその剣幕に衝撃を受けていた。美貴子は、他人事として遠い出来事と思っていた〈あさま山荘事件〉を、こんなふうに自分の問題として心から憤る人がいるのに驚き、心が洗われるような、知性の言葉にしびれるような快感を感じていた。

「佐伯君。あいかわらずの憤激、そして能弁ね。でもその前にまだ貴方、自己紹介をしてくれなくちゃ、あなたのこと、みんな知らないんだから」

皆の沈黙を破ったのは、またしてもユリエだった。

「おっと、これは失礼。勘解由小路さん、まさか君と同じクラスになっていたなんて、語学の授業の時から僕ももっと早く挨拶しなきゃと思っていたんだ。これからもよろしくね。みんな、僕は佐伯蓮と言います。僕ちょっと寄り道して別の大学へ通っていたので、みなさんより二年歳食っているから、言動が生意気かもしれない。自己紹介ということで、まずはお詫びしておきます」

佐伯蓮がユリエと知り合いで、二歳年上だったのか。だから、入学式の時にユリエはあんなことを言ったのだと合点がいった。皆の緊張がほどけて、川田平蔵が言った。

「ちぇっ、なんか偉そうなヤツがいるなあと思ってたよ。それに勘解由小路さんと知り合いなのかよ。ま、いいや。俺、こういうのが東京の大学の面白さと思っていたところもあるからさ、驚かないぜ。せいぜい蘊蓄を傾けて、俺らに教えてくれよな」

「君は、正面突破してくるね。結構。そういうストレートさって、屁理屈こねるやつよりよっぽど明るくていいや」

「いちいち気に触る言い方だけどな。二歳年上だからって、あんまりいい気になってベラベラ喋るんじゃないぞ。女のなんとかだよ。次、次。まだ自己紹介してない人、どうぞ」

次は美貴子の番だった。

「葛原美貴子といいます。東京出身で、港区にある中高一貫の女子校のミッションスクール出身です。私は、全く学生闘争を知らなくて、皆さんの見識の高さにただ感動して聞いていました。この大学のことは本当に何にも知らなくて、お隣に座っている勘解由小路さんに一から教えてもらっているところです。実存主義も授業で初めて知って、カミュは『異邦人』より『ペスト』の方が好きですが。そのほか、いろいろな本を読んでみようと思っている所です。だから、革マルは嫌だけれど、それに対抗するために読書会をするっていうのには、大賛成です」

パチパチパチパチ。川田平蔵が拍手した。

「そうそう、ぜひ一緒に読書会やりましょう」

「全共闘を勘解由小路さんに習ってるの？　それじゃ、かなり色がつくよ」

佐伯蓮が言った。

「あら、悪かったわね」とユリエは反発したが、案外不満そうではない。

「全共闘から新左翼の流れって、言葉で説明すると複雑だから、短絡的に表面のデモや火炎瓶だけで判断して、女性はまず敬遠するのが普通なんだ。それでは本来の学生たちが描いた真摯な理想など、分かってもらえないからな」

「佐伯さん。ずいぶん学生運動に好意的なのですね。さっきはあれだけ連合赤軍の事件を批判していたのに。もしかして本当は革マルシンパなんですか？」

「とんでもない。木嶋さん、勘違いしないでくださいよ。なんで僕が革マルシンパ？　そうじゃなくて、そもそもの学生たちの運動理論には、現状の派閥テロとか連合赤軍のリンチなんか、そっちへ結末するなんて、考えられなかったって言っているのさ」

「そうよ、佐伯君は、初期の頃の全学連なんだから。私だって、燃えてたのよ。ベトナム反戦デモには参加したことあるのよ。でも今の文学部の革マル派には絶望。全然言葉が通用しないもの。それにいつもオルグしようとして、角棒だってどこから出てくるかわからない。私は以前はね、一般学生にだけは手を出さないと思っていたけど、でもね、そうじゃない。それこそ身の危険を考えないといけないわよ。新左翼の実態はというか、革マルは・・」

ユリエが大きな声を出したので、思わずというように、佐伯蓮がユリエを遮った。

「しーっ、静かに。もっと声を小さくして」

四つの窓のうち、教室の前の窓だけが大きく開けられて、中庭の革マルのヤジ演説が低騒音のように、下から聞こえてき始めていた。学生たちはとっくに帰ってしまっていたので、廊下にはもはや足音一つ聞こえない。午前の授業は全部終わっている。それでも念には念を入れるのだ。そういう学部なのだ。

「とにかくさ。あの革マルに牛耳られているのは、たまらないじゃないか。俺たち団結して、六人だけどさ。なんとか抵抗していく方法はないものかな、ってわけで、さっきの俺の提案した読書会、みなさん、改めてどうですか？」

「どう抵抗していくかといっても、僕たちにできるのは、相手にしないことぐらいだから、そこを逆手にとって、読書会をするのは賛成だよ」

利根宗介が言った。

「読書会をわざわざするのなら・・・。私は、ああいう考え方について、その大元のところをわかっておきたいんです。別に革マル派や新左翼の理論について細かい知識までは知ろうとは思わないけれど、概観だけでもキチンと知っておきたいんです。革マル派のあの演説を平気で聞き流せるくらいには。そうすれば、文学部の今の状況下でも平然としていられる気がして」

「そうね、一人一人、理論武装はしておく必要はあると思うわ」

ユリエも木嶋さんの意見に賛同する。

「理論武装って言われても、私はついていけるかどうかわからないけれど、せっかくみなさんの考えがしっかりしているのだから、是非それぞれの考え方に添って読書をしていったら、素晴らしいと思うわ」

美貴子は、さっきの利根宗介と佐伯蓮との三島由紀夫議論を、まだ聞いていたかった。ユリエが美貴子を見てうなずいて、木嶋圭子に尋ねる。

「木嶋さんは、どんな本が読みたいの？」

「私は、佐伯さんに音頭をとっていただいて、例えばマルクスの『資本論』とかいかがでしょうか？」

「『資本論』？　冗談でしょう。あんな長いの、無理でしょ。もっと薄っぺらい本にしないと。とにかくみんなで読めないといけないし」

佐伯蓮が慌てている。ユリエが苦笑しながら言う。

「木嶋さん、いくらなんでも『資本論』はないと思うわよ」

「それではどうだろう？　吉本隆明の『共同幻想論』なんか？」

川田平蔵はこれが読みたくて、読書会なんて言ったのかもしれない。

「ええ？　なぜ吉本隆明なんかを、みんなで読むの？」

ユリエがまた苦い顔をした。

「勘解由小路さんは、吉本隆明を嫌いなんですか？」

木嶋さんが言う。

「三島みたいに嫌いというわけではないけど。ただ苦手で」

「いいからさ、『共同幻想論』を読もうよ、な、みんな」

「どうせ読むなら、『共産党宣言』がいいんじゃない？　薄い本だし」

　ユリエがめずらしく威勢がよくない。やけに拘っているが、本を選んで読むということは、まあそういうことだろう、何を好んで読むかでその人の人柄が表れることも多い。

「『共産党宣言』は、どこか他のクラスやマルクス主義経済研究会が取り上げていて、真似はごめんだな。勘解由小路さんは論理的なのが好きなんだな。でもせっかくだから、『共同幻想論』にしようぜ。佐伯くんはもう読んでいるんだろう、君の感想を聞かせてくださいよ」

　川田が読書会の言い出しっぺだとしても、少し強引に『共同幻想論』を引っ張りすぎてはいた。

「もちろん読んではいるよ。だけど、僕は宗教学といっても日本神話のプロパーじゃない。それにだいたい川田お前、吉本隆明がなぜ『共同幻想論』を書いたのか、意図をわかっているのか？」

　佐伯蓮は躊躇していた。

「そんなの、知るわけないだろう」

「好い気なもんだよ。吉本隆明は戦争体験に基づいて構想したと聞いたことがあるけど。そもそも共同幻想って、国家のことだから」

「へえ、そうか。そうだよな。共同っていうからには。面白そうじゃないか」

川田平蔵が読みたいと言うのは、本音なのかどうか、わからないところがある。

「やろう、やろう。是非読もうよ。『共同幻想論』。なあ利根くんもそう思うだろう？」

「悪いとは思わないよ。僕たち文学部の学生にとって、『古事記』といえば原点だし。さすが吉本隆明だよな、目の付け所が違うよ。共産主義なんかに右顧左眄せずに、時代の本質を探る理論武装をさ、『古事記』に求めたんだな。でも僕は個人的には三島を読みたい。僕のお勧めは『文化防衛論』。『英霊の聲』も読みたいけど」

「おい、『英霊の聲』なんて、君の趣味すぎるんじゃないか。僕は『文化防衛論』の方がいいと思うよ。いくつか入っているだろう、『文化防衛論』の論文の中でも〈自由と権力の状況〉は、今の僕たちが読むのにふさわしいんじゃないかな」

佐伯蓮が言うと、木嶋さんも賛成した。

「いいですね。私も佐伯さんの言われた〈自由と権力の状況〉に興味があります」

「私は嫌。せっかく六人で読書会をするなら、高橋和巳の『わが解体』にしない？」

ユリエが候補を挙げた。美貴子は、最初にユリエと出会った時、そういえば二人の会話に高橋和巳という名前が出た、と思った。佐伯蓮が賛成した。

「高橋和巳？　そういえば忘れてた。うん、確かに読書会で取り上げるのに外せない作家かもしれない、僕はいいよ。『わが解体』でも」

「でしょう」

会はどの本を読むかで紛糾した。みんな自分勝手だった。美貴子はその場にたまたまいるだけで誰からも意見さえ求められない。それも当たり前なのだった。話題に出ている本は一冊も読んでいないから意見の言いようがなく、ずっと黙っているしかなかったのだから。蚊帳の外とはこういうことなのだなと、クラスの同級生たちの知的レベルに感嘆しつつも置いてきぼりになる淋しさを味わい、ほとんど独りだけ消えてしまったように、皆の意見をただ聞いていた。ここにいるだけだが、同じ船には乗っているのだ。美貴子には、好奇心だけが頼りだった。みな自分の好きな本が読みたくて主張し合っていた。吉本隆明の『共同幻想論』、三島由紀夫の『文化防衛論』、高橋和巳の『わが解体』、そしてマルクス・エンゲルスの『共産党宣言』。どれになるのだろうか、どれでもいい。

「いいじゃん、思い切ってやろうよ、佐伯。俺さ、この大学の文学部に入学したんだって、こういう話し合いをしていると、すごく実感するよ。いいなあ、面白いじゃないか、ぜひやろうぜ。『遠野物語』と日本の神話を吉本隆明が国家の礎にどう組み立てたのか、興味があるじゃねえか。ねえ佐伯君、お願いだよ。是非、君が中心になってくれよ。みんなで読もうよ」

「ストレートに『共産党宣言』から読んだ方がいいとは思いますがね。革マルに理論武装する事が目的なんだし」

「『文化防衛論』は、最も分かりやすいかもしれないいな」

「僕は、『文化防衛論』に賛成だけど、『共同幻想論』を読んでもいいよ」

「やはり高橋和巳が一番よ。『わが解体』が読書会にふさわしいと思うわ」

なかなか決まらない。とうとう最後まで読む本は決まらず、本の選定は次回に先延ばしされて、とにかく読書会の名目で六人が集まることだけが決まった。佐伯蓮が、「教室で放課後読書会をすること自体が危険だから」と皆に念を押し「学食にも革マルのスパイがいるかもしれない」と、スパイという言葉を使って、皆の気持ちを引き締めた。読書会をするのも教室は安全ではないのだ。教室で読書会が出来ないという現実が、皆の心をわずかに曇らせたが、気持ちが萎えてしまい肝心の読書会が宙に浮く前に、佐伯蓮が適当な喫茶店を自分が探すと請け負った。

七

解散したときは、すでに正午を過ぎていた。中庭の革マルの声が急に聞こえなくなって、静かになったのが昼食の合図だと、突然気づいた。川田平蔵と利根宗介と木嶋圭子は連れ立って、一階の学食へと降りて行った。佐伯蓮は、「じゃあまた」と言ってどこかへ消えてしまった。いつも予定が入っているらしく忙しそうにしている。

美貴子とユリエは外で食事をしようとスロープを降り、早稲田通りを横断して、大隈講堂の方へ折れていく。この通りは文学部とちがって、大学闘争とは無縁の学生たちの方が人数が多くて、春爛漫の日差しを浴びて呑気に歩いていた。しかし見かけだけかもしれない。大学当局は、建前として各学部それぞれに大学闘争との距離を保ち、無関心、不干渉を装っていたから、大学と大学周辺には擬似的平和が作られているにすぎないのだ。文学部の美貴子とユリエの二人も、お喋りに夢中な、どこにでもいる女子学生のように見えていた。しかし、二人ともどことなく不穏な大学の動きに、アンテナを張るようになっている。

本部構内は、革マル以外の他派が占拠していたから、文学部とは異なる大学闘争が繰り広げられており、法学部だから民青かもしれない学生のヤジ演説が、その低音部に協奏曲のシンバルの響きのような、いやもっと動物的な、唸り続けるスズメバチのような音が聞こえていた。図書館脇の並木の間を通って本部校舎へと通じる門にはタテカンが道路へとはみ出して、相変わらず醜い文字を晒している。四年間通い続けたら、この低騒音と歪んだ文字という風景に慣れてしまうのだろうか。それとも、全てが一掃されて、歩行する学生たちのアンテナが不要となる未来が拓けるのだろうか。

二人は、『高田牧舎』を通り過ぎた。学生には少し高価なランチを提供しており、教授たちがよく利用するレストランで、道路に面した大きなガラスからは、屈託のない笑顔の教授らしき人々が乾杯をしている姿が見えていた。『高田牧舎』を横切り、『茶房』という喫茶店を見つけて入った。静かな路地に佇む『茶房』は、濃茶色の煉瓦壁の外観が落ち着いた風情で二人は惹きつけられた。凝った造りの店内の床は、写真で見るヨーロッパの通りによくある石畳で、暖炉が設らえてある。暖炉の奥は、また一段高くなった個室めいた奥まった場所になっていて、二人はそこまで行って座った。ともにサンドイッチとコーヒーセットの軽食を頼む。注文して初めてお腹が空いていると気づくほど、二人とも読書会の興奮を引きずっていた。

歩く道々、初めて語り合った同級生たちについて、お互いに感想めいたことを言い合ったが、食事をしだすと、今度は、読書会で読む本についての話題に変わった。ユリエは、『文化防衛論』には断固反対で、とにかく三島由紀夫が嫌いらしい。

「『金閣寺』も私、嫌いなのよ。あの小説は美がテーマでしょう、でも全体的にね、うけつけないのよ。暗いし。だいたい同性愛的な傾向の小説って、どうもダメ」

「『金閣寺』って、同性愛の小説なの?」

「私はね、そういう匂いがすると感じたわ。三島という作家は、なんなの? 本質はナルシストのスキャンダル好きよね。演技がすぎて俗っぽい。学習院、東大法学部、大蔵省で、その経歴にかぶせるかのようにね、アポロ像をわざわざご自宅において何を気取っているのかしら? 貴女、アポロ像の前に足を組んで座っている三島由紀夫の写真見た? たまらないわね、あのパフォーマンス」

何も知らない美貴子は、三島由紀夫を生理的に受け付けないらしいユリエの、中傷に紙一重の批判をふむふむと女性週刊誌でも読むように聞いていた。ユリエは公家を祖先にもつ同じ学習院だから、そういう意見も出てくるのかもしれない。同じように、『共同幻想論』にも不満を言うのだ。

「私、父の関係でね、そうそう父は短歌が好きなのよ、特に源実朝。だから吉本隆明の本ではね、『源実朝』を最初に読んだの。全然面白くなかったわ。やはり『共同幻想論』を読まなきゃと思ってね、チャレンジしたんだけど、今度はね、もう一つ理解できなかった。前半の『遠野物語』の解釈と、後半の『古事記』解釈。その解釈自体は面白いと思ったわよ、でもね、どうしてそれが共同幻想になるのか理解できないのよ。吉本隆明がすごいすごいとみんな言うのは、なぜなんだろう?」

「ごめん。私に聞かないで。吉本隆明がわからないって、それだけ読めてたら十分よ、作家の好悪の問題じゃないの?」

　吉本隆明も、三島由紀夫も、美貴子はただユリエが読んでいることに羨望を感じるだけだった。いや、羨ましいというより、作家の名前を聞くだけで威圧された。読んでいないと、どういう書物でも地図上の大河でしかない。川の大きさも深さもわからないし、その水が冷たいのか、流れが早いのか、どんな魚が泳いでいるのか、美しいのか、ただ地図に印された記号だった。ユリエといると、いや同級生のみんなといると、自分は地図を見ているだけの見物人に過ぎなかった。美貴子は、この読書会で読むことになる本の選定の議論の間からずっとこのかた、自分の読書量の貧困さにショックを受け、幼稚な楽天主義の軽薄さをひしひしと感じていた。

「いいえ、そういうのとは違う気がする。私はカチッと論理で固めた方が読みやすい。小説は何を言わんとしているのか、どうも回りくどくってね、エッセイの方がわかりやすいわ。高橋和巳は誠実で好きだから、『わが解体』を推薦したのよ、いっそのこと、丸山眞男の『超国家主義の論理と心理』を読んだ方がいいとでも言えばよかったわ」

ユリエが弟と同じ題名の本を挙げると、もうほとんど美貴子は自分はダメなのよ、落ちこぼれなのよと告白してしまうのを食い止めるだけだった。同級生たちだけではない、弟のレベルにも美貴子は追いつかないのだ。少なくとも今の段階では。何クソというレベルではなかった。この人たちに追いつくにはどれだけ頑張らないといけないだろうと、悲しくなるレベルだ。読書しなければ、勉強しなければ、革マルどころではない、文学部の同級生たちにさえ置いていかれる。焦りがあった。

美貴子は、とにかく話題を変えなければと思った。格好の話題があるではないか。佐伯蓮の名前を口にした。自己紹介の時に、佐伯蓮は自分の経歴について語らなかったから、勘解由小路ユリエと親しいと教室で明かした理由を、当の相手であるユリエに聞くのは自然だ。二人で、コーヒーのお代わりを注文すると、ユリエは気負いなく応えてくれて、ほっとする。

「いいわよ、佐伯蓮がどういう人物かね、それに私との関係ね。新左翼の話の続きは、その後で話すわね」

「まず私と佐伯蓮。ぜんぜん隠すほどの関係じゃないから。私たちね、むかしべ平連のデモに参加した時に知り合ったのよ。といっても例の私の彼氏を通じてだから、ほんの一回だけの知り合い。よく彼、私のことを覚えていたと思うわ。佐伯蓮ってね、彼の日比谷時代の同級生なのよ、だから三人でお茶してね。佐伯蓮はあの頃から能弁で優秀だった。私には迫力があり過ぎて眩しいくらいに見えたわ。こっちは彼の友達ということで恐縮していたけど。佐伯蓮のほうは、私が友達のガールフレンドだし、女子高生ということで、ずいぶん親切に学生運動のことや読むべき本とか、私に彼とは違った角度で説明してくれたわ。つい私、自分の彼と比べちゃったわ。そうね、彼ってものすごく真面目な学級肌だと思うわ。人の何倍も勉強しているし。読書量も半端じゃないと思うわ。それでいてああ見えてなかなかフェミニストよ。まさか、あの佐伯蓮と同じクラスになるなんてね」

佐伯蓮と一緒にデモに参加したというユリエは、誇らしそうだった。

「はい。それでその肝心の、革マルと中核だけどね」

美貴子は、佐伯蓮がどういう方面の読書をしているのか、フェミニストの根拠などもっと聞きたかったが、ユリエの話は、新左翼に移ってしまった。

たしかに、革マルの方が大事だ。

「どっちも反スターリンでトロツキーの再評価から出ているのよ。かのクロカンこと黒田寛一が中核と革マルの大元を結成して、初代議長を務めた。途中で書記長の本多延嘉と路線対立して中核派と別れたの。だから革マルと中核って同じ根っこから出てるのよ。革マル派は排他的で閉鎖性が強く、思想学習の方に重きをおいて組織論を重視しているし、中核派は大衆運動を重視して活動的。そうそう、革マルってね、あの安田闘争の時に、全共闘から指示されていた守るべき場所からいち早く逃げたのよ。それ以後、他のセクトから総スカンを食っているって話よ。ごめん、その程度なの、私の話は。なんかネタバレみたいな話よね、私の話って」

ユリエは笑った。つられて美貴子も笑う。ふたりの笑い声が、ようやく茶房の雰囲気に溶け込むようだった。

八

ユリエがギリシャ語のクラスに出るというので、再び文学部のスロープ下まで一緒に戻り、そこで別れた。美貴子の思考は混沌としたカオスの中へ落とされたようだった。授業の予定のない美貴子は、そのまま帰る気にはとてもなれなかった。なんとなくユリエにも佐伯蓮にも同級生たちにも、みんなから突き放されている気がしていた。そんなことはなくて、美貴子の思い過ごしだろうと思おうとはしてみても、三島由紀夫や吉本隆明や高橋和巳やサルトルやマルクスや……の言葉が頭の中でクルクル廻り、皆の読書量に圧倒されるのだった。大学も、友人も、同級生達も、すべてが手の届かないところにいる。いったい彼らは、どうやって高校生活を過ごしてきたのか？　自分とは違う世界の住人たちのような気がしてしょうがない。そもそもこういう大学の文学部に入ったことが、間違っていたのだろうか？　革マル派に対して同級生たちは、不快だ、嫌悪を感じると言うけれど、その嫌悪は、もしかすると美貴子の感じる嫌悪とは別種類の嫌悪なのではないか？　自分だけが低い底でうごめいていて、高い場所にいる周囲の人や思想と交われないでいるように感じる。いったい自分は何を考えて、今まで生きてきたのだろう？

　ふと美貴子は、この大学という世界からいっそ逃げ出してしまいたい、と思った。どこでもいい。美貴子が等身大で居られる場所が欲しかった。けれども大学周辺には手頃な逃げ場はなかった。古い映画を上映している映画館や小劇場に入るには、高田馬場駅の方へとずっと歩いて行かなければならない。早稲田通りに並ぶ古本屋を冷やかす気にもなれない。ぼんやりとした目に、さっきから穴八幡が映っていた。静かな樹々に囲まれて、丘の上から千木が見下ろしている。いつも素通りするだけのこの穴八幡は、いままでは美貴子にとって縁のない、あってもないような場所だったが、今は恰好の逃げ場に思えた。

美貴子は、交番を通り抜けてバス停へと向かうその道を、そのまま穴八幡の境内へと登って行った。学生たちはおおかた素通りしてしまうが、この辺りの住民にとっては、穴八幡は商売繁盛の護り神様として親しまれると共に、由緒ある鎮守の社として珍重されている。

鳥居の横にある立札には、来歴が書かれていた。

穴八幡は、正式名称を穴八幡宮といい、源義家が奥州へ派遣されて凱旋の折、日本武尊命の足跡に倣って兜と太刀を氏神八幡宮に勧請し、永く東北鎮護の社として祀ったとある。その後、将軍家世嗣誕生に際して奇瑞があったことから、三代将軍家光が、江戸城北の総鎮護としたそうだ。将軍家祈願所として家光が整備し厚く保護し、江戸時代には屈指の建造物として大切に管理されてきたらしい。今でもその故事来歴を惜しんで、東京中の参詣客たちが訪れているという。しかし今の美貴子には、故事来歴は重要ではなかった。ただ、この社にはなにか清冽な気が漲っているようで、美貴子を蘇らせてくれそうなのだ。神頼みと言われようと、なんでもいい。ここで新鮮な空気を吸うこと、それが大事だった。大学では美貴子は窒息してしまいそうだったのだから。

参詣客たちに混じり、中年の女性客三人連れの後ろについて、美貴子は高い石段を登った。息が切れた。短い距離で鳥居に達する神社の石段は、緩やかな大学のスロープとは比較にならない急傾斜である。前を行く中年の三人連れは慣れているらしく、悠々と登っていく。後ろからは小さな女の子が若いお母さんに叱られながら、ピョンピョンと跳ねて、この子も美貴子を追い抜いていく。みな元気がよく、若い美貴子が、一番体力がなかった。やっと上までたどり着くと、黒光りのする唐破風の本殿が優雅に控えていた。御幣の垂れ下がった綱を巻いた二本の松の樹が両脇で枝を伸ばしている。針葉樹には、すでに傾きかけた夕陽があたり、黄金の樹のように輝いていた。

美貴子は、手水舎で柄杓をとって手を洗い、口を濯いだ。参詣客たちの後ろに並んで本殿の前へと進み、二礼二拍手一礼を型通り行った。本殿前の松の木が目に入ってくる。脇の説明書きを読むと、一六四一年宮守の庵の造営の際、この御神木の松から瑞光が出たそうで、そのため家光が江戸城北の総鎮守社と定めたとある。三百年以上もここで参詣客を見守る御神木は、こんもりとした樹々に囲まれた神社にいかにもふさわしく見えた。〈都の西北〉という歌詞から始まる大学の校歌を入学式の時に聞き、一緒に歌った。何気なく歌ってしまう出だしだが、江戸を護る神社のことも象徴していて、大学も守られているような気がした。

穏やかな春の夕暮れに、人々のざわめきが溶け込んでいた。境内には屋台も出ていた。焼きそばの匂いが鼻をくすぐる。美貴子の肩から力が抜けて、周囲を見回す余裕が生まれていた。赤いヨーヨーを買ってもらったさっきの元気な女の子が、美貴子の前に回ってきて、美貴子を見あげると、ポンポンとわざとヨーヨーを叩いて見せてくれた。美貴子は、自分と同じだなと、女の子に懐かしさを感じないわけにはいかなかった。「上手にできたわね」、と言って手を叩いてあげると、女の子は満足したように、先で待っているお母さんの方へと駆け出して行った。女の子のリズミカルな手の使い方に自分でもヨーヨーを買ってやってみたくなり、美貴子は苦笑した。ここには、見慣れた日常があった。くつろいでいた。ちっとも背伸びをしていない。普段着を着ているようだ。戦没慰霊碑の横を通り過ぎていく。

ふと見ると、後ろに、もう一つの参道があるのに気づいた。参道は、両側を樹々に覆われていた。正門の方からではなくて、そこを降りることにしようとしたときだった。石段のてっぺんから見えたのだ。

緑の木々の間に、文学部の大学院棟が誇らかに聳え建っていた。大学院棟は、まるで巨大なバベルの塔のように、夕陽を抱いてオレンジがかった蒼天に向かい、天へ向かって屹立していた。その下には、中庭を囲う大学校舎とスロープがここからは見えないが確かにあった。しんと静まり返った緑の樹木の向こう、それほど離れていない距離の場所で叫ばれているはずの革マルのオルグの声は、この丘まではさすがに届かない。タテカンの黒い言葉の総量の重みも認められない。もし、それらの濁りが次第に蒼天に滲み拡がり、変色させていったとしても、大学院棟は精神の透明性を自負していた。人間の英知が誇る道標を、学生たちはこの塔に見いだそうとする。ここから見ると、美貴子の大学は幻想的な杜の中にあるように見えた。この神社は、拝殿の注連縄や太い御神木という日本の神道の伝統と、ヨーヨーや焼きそばの匂いという身近な日常性が混じり合い、美貴子の周囲を奇妙に充たしている。この人間臭い柔らかな空気に包まれていると、美貴子は遠方にある大学院棟を、余裕を持って見続けることができた。なぜか大学が美しく見える。

この神宮の丘から見れば、大学は、インテリジェンスに満ちた堂々たる建造物なのだった。きっと、これこそ本来の、ほんものの大学の姿だ。ときどき、拝殿前から参詣客が揺する鐘に響く鈴の音が聞こえてきた。祀る神に自分を見てもらおうと引き寄せる音は、あのスロープまで響いていかない。だから革マルの学生たちの神は、そういう鐘に響く鈴の音を聞かない。革命理念の、マルクスかトロツキーかクロカンを、自分たちの神ともし理想ともしている革マルには、鈴の音を聴く耳がそもそもないのだ。静謐な杜に鳴る鈴の音は、大学の象徴のはずなのだ。幻想の鈴の音は、学生たちに繊細に語りかけ、軽やかに柔らかく、ひそやかに熱く、そして眠り込んでいる知性に鋭く働きかけて目覚めさせる。リーンと鳴る音は、傲慢な心とはほど遠いはずだ。

美貴子も同級生たちも、少し高慢で、自己中心的なところもあるかもしれない。しかしこれこそ大学生としての自覚だ。自分を偽らないようにと努力する。みんな背伸びしながらも自分自身と向き合おうと頑張る。迷いながらも反暴力で連帯する。自分を食い荒らそうとする白身の獣を逆に飼い慣らそうとして努力する。そうだ、自分の大学、自分の学部は、あそこにしかない。美貴子は何度もあの学部からスロープを降りて逃げてくるかもしれない。けれども、やはりあそこへ戻るしかないのだ。木立の向こうの大学を、美貴子は目を閉じて、目蓋の裏に見ていた。

そして高い石段を、十九歳の軽い足取りを取り戻しながら、トントンとリズムよく降りて行った。

九

美貴子が喫茶店に出向いたのは、緑の葉の間から紫陽花の小さな薄紫の花弁が、キチキチとびっしり固まって、梅雨の到来を告げている五月も終わろうという日のことだ。不安ながらも楽しみにしていた読書会は、たった六人の参加者なのになかなか日程が合わず、宙ぶらりんのお預け状態となっていた。美貴子は授業の合間の時間潰しに、ちょっとテニスサークルを覗いてみようと思ったのだ。もらったまま引き出しにしまわれていた小さな紙片には、喫茶店〈クレヨン〉の場所が示されていた。

レジの横に紫陽花の鉢植えが置かれた〈クレヨン〉の店内は、人もまばらで学生しかいない。どの学生がテニスサークルの人なのかと戸惑っていると、よう、と向こうから指し招いてくれる。吸い込まれるように、片手に新聞を持った先輩らしき人の席に向かい、前に座った。なんということもない会話をし、なんということもなく、気付くと美貴子はテニスサークルに加入していた。

喫茶店〈クレヨン〉を出た美貴子は、これでよし、と思った。大学生活にテニスが加われば、体と心にバランスを取れる気がする。高校時代の延長が一つぐらいあってもいいのだ。テニスサークルは文学部の背伸びしっぱなしの生活に、風通しをよくしてくれそうだった。

直接のきっかけは、親友のユリエが美貴子に爆弾宣言をしたことだ。ユリエは、早期のフランス留学を考えていると言った。そのため、ユリエは最低限の単位の授業だけのために大学に来て、あとはすぐ帰宅して自宅で猛勉強することになった。週末は彼とデートする。美貴子は、女子高校生のようにべったりユリエと行動しているわけにはいかなくなった。ユリエの居ない授業は、ワサビのないお寿司、タバスコをかけないピザ、辣油をかけない餃子みたいなものだった。いや、それ以上だ。ユリエは寿司であり、ピザであり、餃子だ。一緒に出る必須科目の授業でも、終わるとユリエはすぐ帰宅してしまうから、美貴子は話し相手がいなくて、次の授業までの時間を持て余すことになる。アルバイトの家庭教師は夕方からだった。ユリエのいない文学部は、味気ないだけではない。周囲のタテカンとヘルメットがやけに大きく感じられて、美貴子は二人でいる時には感じない息苦しさをより強く感じた。ユリエからオリエンテーション時に聞かされた革マルの情報はだいぶ増えて、厚みも増していた。民青系は法学部に根拠を置き、対中核派との対峙関係が膠着状態になっている革マル派は、いつ導入されるかもしれない機動隊の影に怯え、内ゲバ的様相が次第に濃厚になっていた。三十一号館の地下室からトランペットの練習をする音が聞こえてきても、スロープ上に立て看の脇を縫うようにしてアングラ演劇や落研開催の立て札が立てられていても、ノンポリ学生たちがのんびり歩いていても、美貴子は、文学部が革マルの本拠地であるのを痛感していた。

美貴子はこの日、登録後初めてコートのある三鷹へ行った。街が目覚め、通勤通学の日常で緊張し始める早朝、三鷹のコートは、拓かれた自由な額縁に収まり、世間から少しだけ浮き上がって見えた。スロープ上の文学部と異なり、美貴子は勢いよく歩いていく。コートは生い茂った草に囲まれていて、通勤通学の人々からしたら、現実から遊離した気楽な世界だっただろうから、こういう時間にラケットを持って歩くのは、申し訳ない気分になる。それに中心にあるはずのコートが生い茂った雑草のために外からは見えなくて、本当にそこで真剣にテニスをやっているのかどうかわからず、なにかいい加減な遊びに来ているようだった。

しかし、錆びついた鉄柵のドアをギーと鳴らしながら中に入ると、広い空間には白い線で区切られた四面のテニスコートが美貴子を迎えてくれた。

簡易な小屋に入って、白いテニスウエアの上下に着替えた部員たちは、コートの白線の外に沿って勢ぞろいする。美貴子も他の新入生とともにいそいそと着替えて、列の最後尾に並んだ。全員で三十人ほどだ。学生たちは、生い茂る草よりもムンムンと若さを発散させていた。ウエアの白さがコートの白線と似合って青春が眩しい。タテカンのような黒く淀んだ空気はここにはあり得なくて、初夏を思わせる白っぽい太陽が学生たちの肌をさらに透明に輝かせて、学生たちの心身を解放させていた。美貴子は、平川誠司を探した。すぐに見つけた。上級生たちの一番端に立っていた。平川誠司はどうやら新入生を担当しているらしかった。平川の方も美貴子を覚えていてくれたようだった。オリエンテーションの中庭のときと同じ爽やかな笑顔が眩しく、美貴子を見た。

部長の挨拶の後、美貴子たち新入生はたっぷりとボール拾いを一時間やらされた。ボール拾いというのは、テニスのプレーでは重要な任務らしいが、気ばかり使うし、なんだか奴隷のようにただ走らされるだけで、つまらない作業だから疲労がたまる。最初からコートに立ってボールを打てると思っていたのに、期待は大きく外れた。新入生は、これから始めなければしようがないらしい。コートで先輩たちが交代で球を打ち続けている横や後ろで、邪魔にならないように立ち、ラインの外へ飛んでくるボールを、センターライン近くに置かれたカゴの中へ素早く入れていく。美貴子たち新入生は、一時間経ってようやく球拾いから解放され、隅に集められた。こんな真面目な労働ばかりのクラブを辞めてやろうと考え始める新入生も一人や二人はいたはずだ。

そういう気持を見透かしたように、平川誠司は、やさしく言った。

「球拾いはこれでおしまーい。ご苦労様でした。さあ、もっと先輩の邪魔にならないように、こっちへ寄ってください。はい、初めまして、僕は三年生の平川誠司と言います。今日から君たち新入生を担当するからね、よろしく。最初から球拾いばかりで申し訳なかったが、新入生は球拾いからスタートするのが決まりです。僕らもずっと一ヶ月、球拾いしかやらせてもらえなかったから、特別だと思わないこと」

「一ヶ月かよ」

と誰かがつぶやいた。

「でもね、君たちはすごく運がいいからね。僕ら今年度の幹部で話し合って、今年から規則を変えました。新入生は、入った当日から、素振りを教えてあげることになりました」

「やった、ラッキー」

男子八名、女子六名の新入生たちは、素直に喜んだ。

「そう、だからみんな感謝してね。その分、しっかり球拾いもやってくださいね。ラケットは、今日は先輩のを貸しますが、次回から自分のを買って持ってきてください。ああ、持っている人もいますね。高校からやってきている人は、同じラケットを使ってもらって、もちろんいいですよ」

平川は、新入生の整列した前で模範の素振りをやって見せてくれた。後から聞いたところによると、高校時代にインカレでベスト4まで行ったという。美しい流れるようなスイングをする。背が高いばかりではない。足と手とが普通より長いから動きが滑らかなのだ。平川誠司は相当モテるだろうなと、美貴子は思う。

美貴子たちは見よう見まねで、平川のやるようにラケットを振ってみる。最初はぎこちないが、それでもやっているうちに格好はついてきた。やや前傾姿勢から、一で、体の正面に両手でラケットを持ってきて、二で、右手で四十五度ラケットを右後方へ持って行き、準備体制に入って、三で思いっきり振り抜く。一、二、三。一、二、三。ほんとうにこれでいいのかしら、球が当たるのかしら？　半信半疑で振っていると、平川誠司が一人一人新入生の前へきて素振りの指導をし、とうとう美貴子の前へやってきた。

平川は、

「葛原美貴子さん、中庭でお会いしましたね」

突然名前をいわれた。覚えていてくれたと思うと、美貴子は顔が赤くなった。どうして名前を知っているのかと聞くと、〈クレヨン〉のノートに文学部と書いてあったからだと平川はいう。あのオリエンテーションの時と同じ声が心地よい。

「はい、よろしくお願いします」

「葛原さんみたいな文学部の学生は大歓迎なんだよ。なぜか、なかなか入ってくれなくてね。けっこう僕たちあそこの中庭へ行くのは、勇気がいったんだ」

平川が苦笑しながら言ったので、やはり革マルのせいかと美貴子は聞いてみたかったが、せっかく、その革マルを忘れるためにテニスをやろうとしているのだからと、美貴子は言葉を呑み込んだ。

「新入生の女子は、教育学部が三人、あとは商学部が一人で、もうひとりが君だよ」

「私、高校の時に軟式テニスをやっていたのですが、硬式は初めてなんです。基礎からしっかり教えて下さい」

「軟式やっていたの、それでか。素振りを見ていると筋がいいよ。でも硬式は球もラケットも違うから、感覚的に違うでしょう。ただ軟式をやってきたのなら、すぐ慣れる。大丈夫」

平川はそれだけ言うと、もう後ろの新入生の方へと移っていってしまった。後ろは男子学生で、平川誠司は気さくに指導を始め出した。感じのいい人なので、女子学生ばかりでなく男子学生からも親しみを持たれそうだった。美貴子は、なんとなく佐伯蓮を思い浮かべた。小太りで背が低くて、見かけは全然パッとしないし、話し方も気障で嫌味なところもあるのに、なぜあんなに魅かれるのだろう。

平川とどっちがいいかと言われたら、やはり美貴子は、佐伯蓮の方に軍配をあげる気がした。たぶん私はゲテモノぐいなのだろう、と言ったら佐伯蓮に失礼になるけれど。いやいや佐伯蓮だって知的な都会ボーイでじゅうぶんステキだ。平川誠司は万人向けの感じの良さだが、それは女の子がステキというタイプに近いだろうから、美貴子には整いすぎていてもったいないと思った。美貴子は、すこしヘンテコな方が好みのタイプなのだろうか。ユリエに話してみよう。二人の宗教学の〈ノート会話〉の格好の話題だ。彼女の好みも、もしかして佐伯蓮かも？　彼って案外とモテるのかもしれない。

平川から筋がいいと言われて美貴子は素直に嬉しく、気分良く素振りに身が入った。なるほど平川誠司は、新入生担当に抜擢されているだけのことはある。教えかたが上手なのだ。一方の、オリエンテーションの時に平川と中庭に共にいた小太りの背の低いメガネの上級生は、ボールを籠に入れるのに忙しそうにしていた。持ち場というものは学生にだってある。

一、二、三、一、二、三とリズムに乗って体を動かしていく。縮こまっていた体が自由に解放されていく感覚は久しぶりだった。美貴子は、運動の効用を体中で味わっていた。リラックスして何も考えない。運動は瞬間の充実を与えてくれる。現実の瞬間に体を没入してしまえば、自分の将来も大学の現在や未来も考えなくてすんだ。三十分たらずだが、真剣にやっていると素振りでも疲れてきた。美貴子がラケットを振るのは、入学試験のために部活動を辞めてから、半年以上経っていた。

素振りが終わると新入生たちは、上級生たちの球拾いのために再びコートに散らばった。その日の午前はこんなふうに過ぎていった。新入生の女子は六人しかいない。素振りのときは、お互いを見る余裕もなかったが、球拾いをしていると親しくなった。みな、単純作業ながら風と太陽に守られて白球に集中していた。練習の最後は、キャプテンが締めくくった。

「みんな、今日の練習はこれで終わりです。新入生は、球拾いをご苦労様でした。徐々に素振りの回数を増やして行きますが、初めは球拾いを一生懸命やること。ご苦労様ついでに、言っておきますが、来週は、草取りをやってもらいます」

「ええー、そんなあー」

「見ての通り、周囲の草が茫々で、部室の周囲からコートの横まで侵入しています。いつもこの時期、新入生の担当でやってもらっているイエローテニスの恒例行事ですから。来週は、サボらないように必ずコートに来てくださいね。この場所は、僕らが三鷹市から借りていますから、綺麗にしておくのも僕達にとっては当然の事。先輩たちがずっと培ってきた信用を落とさないように心するること。いいですね、そこの不満顔の人。はい、それではこれで解散。ご苦労さまでした」

「ありがとうございましたー」

三鷹駅までの帰り途、キャプテンの話はもっともだが、ウンザリね、と知り合ったばかりの新入生の女子たちと言い合った。

「せっかく大学のクラブに入って、草取りとはね」

「まったく」

「そういえばうち、お墓で今度、草取りするのよ」

「へー、ご苦労さん。どこでもこの時期、草は伸び放題だもんね」

美貴子は、母や妹がお墓の草取りに鎌を使おうとしていたのを思い出した。さっそく鎌が役立ちそうだった。来週、三鷹のコートに鎌を持ってこようと決めた。先祖の眠る墓周辺の雑草は、墓にのさばるように伸びた草がむさ苦しいが、このコート周辺も同じで、雑草は伸び放題だ。雑草というのはいかにも図々しく見える。傲慢さを思わせた。どこかの大学の文学部と同じではないか。鎌こそ傲慢さを寸断する理想の道具なんじゃないかと思い出した。鎌を使えば容易にバッサリと伸び放題の草を始末できる。鎌は鋭い武器だ。鎌が武器に似ているという発想をした自分に、美貴子はすこしあわてた。始末するという発想がたとえ自然相手であれ、暴力的な意味合いがあるように感じられたのだ。まさか、どうしてこんなことにまでと、美貴子は苦笑してしまう。なんでも革マルに結びつけてしまう。

とにかく効率的に雑草を処理しよう。鎌さえあれば、来週の草取りは美貴子一人で女子の三人分くらいは一人でやってしまえる。気づくと、前を行く男子学生たちの会話が聞こえていた。一昨日起きたテルアビブ空港の乱射事件についてらしい。銃の乱射により死傷者が百名近くも出たという。

「二十六名も亡くなったらしいよ」

「とうとう中東でもだ」

「この頃、世界のどこにでも日本赤軍が現れるね」

「しょせん、俺たちには関係ない話さ」

〈関係ない、関係ない〉。テニスサークルの男子学生たちは、「関係ない」で、済ませてしまっていた。そうなのだろうか？　自分たちの大学が日本赤軍の従兄弟みたいな革マルの巣窟だというのに、関係ないと断言できるのだろうか？　どうしてこんなに呑気にしていられるのかと問い質したくなってくる。隣に並んで歩いている女子学生たちは、駅前に最近できたケーキ屋の話題で盛り上がっていた。彼女たちは、さらに、呑気そのものだ。大学から離れた住宅街で、和やかに歩く女子学生たちは、日本赤軍など唇に載せるのさえ憚られるとでもいうように、全く眼中にないのだろう。テニスサークルの仲間たちは、学生闘争が行われている美貴子の通う大学の学生ではないかのように感じられた。

同じ大学の学生なのに、美貴子だけがあの大学の学生なのだと思ってしまう。みんなにとって共通のはずの革マル派の権力闘争、オルグ、アジテーション、ヘルメット、タテカン、そして角棒。どうしてあの黒雲が見えないのだろう？　どうして青空なのだろう？　美貴子の目が狂っているとでも？　それとも、同じ大学でも、文学部だけが特別なのだろうか？

ＪＲとメトロを乗り継いで、美貴子は文学部のスロープを登っていた。サルトルの購読授業に出ようとしていた。午前中にテニスで軽く流した汗がブラウスの背中でヒンヤリした。見慣れたとはいえ、タテカンを見ると嫌悪を感じるのはいつもどおりだ。ヘルメットをかぶった学生が一人立っている。一人しかいないのは中庭で何かがあるからだろう。美貴子はラケットの入った大きめのバッグをその革マルの男の目に入らないように遠慮して反対の手に持ち替えた。こういうテニスバッグがスロープ上で異様に目立つのを、美貴子は知っている。あの連中からすると、二メートル前後の横長の幅広バッグは、無害なラケットを入れるとは考えられず、武装闘争の相手を殲滅するための武器のしまい場所と見えるのかもしれない。だから、美貴子は革マル派の敵対者・中核派の女子学生と見られる危険性があった。文学部のスロープは革マル派の拠点への一方通行路なのだ。その一歩一歩が学生運動の成れの果てを意味する暴力のメッカへの階梯だった。

演説の大声がマイクの波打つリズムで増幅されて、中庭から聞こえてきた。スロープの上までくると、やはり今日は中庭で革マルの集会が行われるらしいのがわかった。

無視して二階の教室へ向かう。勘解由小路ユリエが、いつものように二列目のほぼ中央に席を取ってくれていて、美貴子にこっちよ、と合図を送ってくれた。美貴子は、ラケットの入った横長のバッグを教室の後ろに置いて、中から授業用にサルトルの原書と辞書とノート、それにペンケースを持ってユリエの隣に座った。フランス語を第一外国語とするクラスの同級生たちは、ほとんどこの授業を取っていたし、他にも哲学専門のクラスや西洋史のクラスの人も混じり、教室はもはや満席だ。美貴子の大学が、まだ正常に動いていると感じられるおだやかなひとときだ。〈普通〉の大学生が、まだこんなに大勢いる。そんなことに満足を感じる。

ユリエはいつもながら気合が入っていた。サルトルを専門にすると公言していたから、この『嘔吐』の授業は、彼女にとって自然と力が入るらしい。ユリエにとって必須の語学授業以外で出席している数少ない講義である。読書会の六人のメンバーたちも全員がこの授業を受講していた。相変わらず高下駄を履いている川田平蔵は、壁よりの一番後ろに利根宗介と二人でちんまり収まっている。授業はフランス語の訳読ではないのに気まぐれな教授にたまに指名されるのを避けようと、目立たない席を選んでいるようだ。木嶋さんは窓際の中央に席をとっていた。窓際から二列目の最前列に陣取っていたのは佐伯蓮で、隣にいつも同じ女子学生を連れていた。彼女は同じクラスではなかった。美貴子とユリエは彼らと同じ列の中央だったから、この二人は嫌でも目に入ってしまう。女子学生のせいで佐伯蓮はとくに目立っていた。派手なラベンダー色のシフォンのブラウスを着て、同色のスカートなどを履いてくる女子学生は他にいなかった。ふりかえると、美貴子も入学当時はオシャレをしようと思っていたはずなのに、いつの間にか通うに連れてどんどん地味な服装になってしまい、今では色合いときたら、グレーか、ダークブルーか、焦茶色しか着ない。まるで壁の中にもぐってしまいそうな色合いを着ている。しかもレーヨンとか綿とか、ほんとうにオシャレとは無縁になってしまった。お粗末と思うこともない。どうしたことだろう。これも革マルのせいなのか。ユリエも同じようなものだ。彼女は美貴子ほどオシャレに興味はないが、それでも、オリエンテーションの時は、光沢のあるベロアの紺色のブレザーを着ていた。木嶋さんは最初から地味だったから、この大学らしい女子学生の服装の模範だったかもしれない。けれどもこういうラベンダー色のシフォンを見たら、美貴子も自分も女子学生らしいオシャレも楽しみたいと思ってしまう。しかしどうしてこの女子学生は、この文学部の灰色の教室であんな華麗な色彩を堂々と着れるのだろうかと不思議には思う。どうみても彼女はこの学部の学生に似つかわしくなかった。社会人の、いわゆるもう女性としての経験者のようで、ひどく大人びていた。軽くウエーブした長い髪が肩までかかり、時々髪をかきあげたりする。後ろの座席の美貴子たちの目に、彼女が長い髪をかきあげるたびに、爪のマニキュアの色が突きささった。美貴子は、『嘔吐』の講義にこんなにオシャレをしてやってくることを不潔に感じた。アーモンド型をした緋色は、佐伯蓮の短い首の白い肌に赤い光を灯して、エロティックにときどき煌めいたりする。おかげで教室は、情欲のひと刷毛を田園風景の水墨画に挟んだようになって、後ろで見ている学生たちは、哲学の授業という薄い興味の美術展から興味津々の前衛のアンデパンダン展の面白さを味わえた。美貴子は、この女子学生が佐伯蓮の彼女ではないかと気づいて、猛烈に腹が立ってきた。

〈あれが佐伯蓮の彼女なんて、思えない。あの人、崩れた生活が沁み付いているんじゃないの？　それとも意図して挑発的なのかも？　三・七で挑発している！〉

美貴子は急いで書いて、見て見て、とノートのページをユリエにグイッと押し付けた。ユリエはすぐに反応した。

〈後者ね、きっと。一・九よ。たぶん〉

教授は、まったくそういうことに関心がないらしく、男子学生たちが彼女を見ようと姿勢を変えたり、ヒソヒソ囁く声など気づきようもない。四角四面のガリガリの教授なのである。

こうしたタイプが実存主義の専門家らしいといえるのかどうか、知らない。ユリエはもとより真剣にならざるを得ない講義なのだから、ざわめきを一切無視して、もうこれ以上筆談はなしね、と目で美貴子に念を押し、講義に集中してしまった。美貴子も、ひとまず講義に集中しようと邪念を振り払う。

サルトルの《Nausée》『嘔吐』は、滑り出しだけは理解できた。

「最高なのは、毎日の出来事を書くことだろう。起きたことを明瞭に見るために、日記を書き続けること。どんなニュアンスも、些細な出来事も、見落とさないこと・・・」

美貴子にとって、いいな、と思う書き出しから始まるのだが、それにフランス語もそんなに難しくない！　のだが、続くシーンで、水切りの石を落としたため悪童たちに笑われると、気持ちが悪くなったが、実際には心の内部に起こったことはわからない、とか、恐怖を感じたのは確実だが狂ってはいない、けれど、おそらく狂気の発作だったとか、すぐにわからない文章が続いた。教授の説明によると、

「意識の連続、つまり内面を衒いもなく綴っていくことで、存在と直面する存在それ自体を描こうと意図しています」

ということだそうである。理解するのが難しくなっていく。もちろん、そういう意識の流れを判断停止で流れに任せていくと教授は説明したが、要するに、考えないでただ字面を追っていってしまえば、なんということもないのだが、作家サルトルと情熱を共にしながら

必死に叙述される意識の流れを体得していこうとすれば、叙述は、かなり難解だった。『嘔吐』の主人公ロカンタンは、ただ図書室でロルボン侯爵という人を調べているだけで、教授のいう意識の流れが延々と綴られていくようになっている。美貴子は、こういうストーリー性の乏しい小説が苦手で、興味を持ちにくかった。『嘔吐』は、ロカンタン流にいえば〈気持ちが悪い〉のである。辛抱して、物語らしくなるのを待つしかないとは思ったが、いつまで経っても、面白くはならなかった。むしろ、物語的面白さを否定していく小説なのだった。隣のユリエは必死でノートを取っているから、興味があるのだろうし、前の席の佐伯蓮は、ウンウンとうなずいてさえいた。どうしてこんな小説に夢中になれるのか。美貴子は自分の能力に限界を感じてイライラしていた。木嶋さんはパスカルをやるぐらいだから理解しているのかもしれない、しかしあの川田平蔵や利根宗介はわかっているのだろうか？だいたいここにいる同級生たちは、そもそもどの程度理解できているのだろうか？

後にある日の授業のあとで、ユリエに「よくあんな面白くもないものを、卒論のテーマにするわね」と言ったら、まじまじと穴のあくほど顔を見られた。

「悪いけど、貴女を軽蔑したくなるから、二度とそんなこと私に言わないでくださる？　仮にも、現代に生きて、この大学の文学部で学ぼうという人が、実存主義も知ろうとしないなんて、情けないとおもわないの！」

まさかユリエの逆鱗に触れてしまうとは想像もしていなかったし、美貴子は、ユリエとの間に入学当初からあった深い溝を思い出して、しょんぼりと肩を落としたものだ。

『嘔吐』の授業は淡々と進められていた。教授は自身が重要と判断した個所だけを講義で取り上げ、飛ばした部分については、流れを簡潔に述べるのだが、前提として、学生たちが最低でも翻訳書だけは読んでいなければならないことになっていた。読んできても解らないので、今日も美貴子はボンヤリと授業を受けていた。教授が、力を入れて読む。

「私は、そこにいた。動けなくて固まっていた。しかし、まさにこの恍惚の真っ只中で、何か新しいものが向こうから現れてきた。私は、〈嘔吐〉を理解した、嘔吐を所有していた」

美貴子は、少し気を惹かれる。相変わらず解らないながらも、描かれた状態より、その表現の力強さに不思議な魅力があった。主人公のロカンタンが公園の中でマロニエの木を見つめている場面だ。サルトルが、「本質とは偶然性だ」と述べ、「存在とはただそこに在るということだ」と述べた後に続く箇所で、教授が説明を加える。

「絶対の実存を描いて見せようとしている場面です」

美貴子は読んではいたが、「〈嘔吐〉を理解した」というところがわからなくて、飛ばしていたところだ。教授の説明によると、嘔吐とは実存のことらしいのだが、となると、存在とは不快な象徴という意味だろうか。

ふと革マル派を考えた。不快な象徴と言ったら、まさに革マルではないか。サルトルのいう「実存」って、あの革マルのことか？　確かに、嘔吐のイメージは、革マルらしいかもしれない・・・・。

緋色の爪が佐伯蓮の頭へと伸び、授業中だというのに、佐伯の髪の毛を直している。佐伯蓮はなされるままにしている。最前列の席なのに平気だ。美貴子は、それこそ吐き気を感じる。

〈見た、いまの。なんてイヤラシイ！　まるで嘔吐だわ〉

美貴子は、ノートに書いて、また隣のユリエへ差し出した。ユリエに言わなくては、ほんとうに嘔吐してしまいそうだった。

〈そういう関係なのよ〉

ユリエは美貴子のノートにすぐに返事を書いてきた。平然としている。〈そういう関係〉という言葉を読んで、美貴子はますます頭に血が昇ってきた。ユリエの淡々とした了解ぶりに突き放されたのが、辛い。あのふたりが暗黙で了解しあっているぐらい分かりなさいということだ。そういう関係の二人と考えるだけで、経験のない美貴子はおどおどしてしまうのに、ユリエは彼がいるから男女の付き合いを知っている。もうそこまで進んでいるのかどうか聞いたことはなかったが、ユリエの落ち着きは大人の女性の落ち着きだった。否応なく目に入ってくる二人の背中は、大人の男女なら当然のことだと言っていた。

〈気にしない。授業は佳境よ、集中して〉

ユリエがさらに書いてきた。たしかにそうだった。後で考えよう、と美貴子は下を向いて、フーッと息を吐く。とにかく佐伯蓮のことなど、どうでもいいことなのだ。とにかくそう思うのが正しいのだ。

教授は自分の講義に夢中で、前の学生たちのことなどまったく目に入らないらしい。

「私はマロニエの根だった。時は止まっていた。私は、この凄まじい快楽から、自分を引き離したかった、が、それができると想像することさえできなかった。私はその根の中にいた。黒い根は、通り過ぎていかず、根は、喉元を通過してもあまりにも大きすぎて喉につかえているように、目の中に留まっていた。私は、それを受け入れることも、それを拒むこともできなかった」

美貴子も集中した。

決定的な言葉というのは、いつ、どういう状況でも、人間に作用するのかもしれない。今までのサルトルの漠然とした抽象的な言葉とは異なり、何ということもない具体的な叙述なのだが、緊迫感があった。目の前にマロニエのコブのようなゴツゴツした根っこが鮮やかに見えた。錯覚かもしれないが、小説の世界へ、美貴子は入ってしまった気がした。

フッと勘解由小路ユリエが消え、佐伯蓮も消えた。隣りのシースルーの緋色の爪の女子学生と一緒に。窓際に座っている木嶋さんも、川田平蔵も利根宗介も気づけば教室全体がなくなってしまったかのような幻想を見ていた。低騒音として聞こえて来る革マルの演説さえも聞こえてこない。視覚と聴覚が一瞬、消えたのだ。時が止まったのだろうか？　時が垂直に割れ、その割れ目から過去と未来が、そしてもっと具体的な来年やその先の美貴子の将来の姿が一瞬にして垣間見える深淵がのぞけた。滔々とした大河が流れているようでもあった。対岸の柳が風に揺れ、馬を引いて車に作物と子供をのせてもう一つの手に鞭を携えて歩く人が見えていた。疲れて、貧しそうで、でも荷車の上の子供たちははしゃいでいた。こっち側の岸にも大きな柳の木があり、それは高いビルの谷間に挟まれて窮屈そうに立っていた。しかし美貴子が目を凝らすと、柔らかな枝は松のゴツゴツしたコブになり、辺りは神社の境内に変わった。授業が終わった。

佐伯蓮は授業が終わるとすぐ、ユリエと美貴子の前へやって来た。

美貴子は、一言、佐伯蓮に注意してやりたかった。しかしいったい何をどうやって注意するというのだろう。自分の方が変なのだと、美貴子は佐伯蓮の顔が見れないでいる。

「勘解由小路さん、サルトルをやるなら今日の箇所は相当力を入れて、考察するんでしょう。非常に興味深い箇所だったよね。やっぱりサルトルだよな。うまい。ところで大江健三郎がね、『死者の奢り』でね」

「倉橋由美子の『パルタイ』を読んだわ」

女子学生の声が佐伯蓮の声を遮った。気づくとユリエと美貴子と佐伯蓮の三人の間に割って入ってきていた。佐伯蓮は、当然のように女子学生を迎え入れて、相手をしだした。

「ああ、このあいだ僕が読んだらと勧めたやつね。早いねえ、君」

美貴子は、シラケてしまった。初めて正面から向きあった女子学生は、フランス人形のように目の大きな女性だった。小悪魔的と言ってもいい美人だった。髪も長くてカールしているから、ますます人形のように見える。口が大き過ぎて顔全体のバランスが悪いのは、ブリジット・バルドーに似ていた。こういう顔立ちが佐伯蓮の好みなのか。細い目の凹凸のないいかにも日本的な顔の作りの美貴子は、横を向いてしまいたくなった。唇まで爪の色と同じ緋色に塗っているのは、趣味が悪いとしか思えなかった。とにかく、あまりに違和感があって、彼女が倉橋由美子を読んだと言っていることや、いったいサルトルの授業にどう関心を持っているのか、そもそも何クラスの人なのか、聞きたいことが山ほどあるのに、みんな忘れてしまった。木嶋さんがやってきて、美貴子たちの輪に加わった。木嶋さんはこの女子学生の登場をどう思ったのだろう。少なくとも正面から見た彼女の美貌？に木嶋さんの声は、普通ではなかった。

「今の、『嘔吐』の箇所、印象深かったですねえ。佐伯さんはどう解釈されたのですか？」

木嶋さんは、ユリエと美貴子をきっかけにして佐伯蓮の意見を聞きたかったらしい。佐伯蓮がサルトルをどう解釈しているのか、これはクラス中の、少なくとも読書会女性メンバーたち共有の関心だ。それなのに、緋色のマニキュアが引っ張るように佐伯蓮を教室の外へと連れて行ってしまった。取り残された女性三人は不満が残り、そこへいつの間にか読書会のメンバーの男性二人がやってきた。

「佐伯君って、相変わらずチョロチョロ落ち着きないなあ。それになんだよ、あの女」

利根宗介が冷やかしたが、羨ましさがにじみ出ている言い方だ。

「羨ましがるなって。銀座か歌舞伎町だぜ、あれは」

川田平蔵のやけのやんぱちの言葉は、それこそ羨ましがっていた。

「違うわよ。佐伯君ね、革マルに追われているから、彼女を隠れ蓑にして今日は校舎の三階から学食へ通じる階段を使って帰ろうとしているのよ」

ユリエが、みんなの意表をついた。何もかもが不愉快になっていた美貴子は、〈革マルに追われている佐伯蓮〉にハッとなった。

「ええ？　それって、あの中庭でやっている集会を恐れているってことですか？」

木嶋さんだ。

「そうだと思う。あの連中は佐伯君に何か恨みがあるらしいので、いつか捕まえて問いただそうとでもしているんじゃないかしら」

「恨みって、どういうこと？」

美貴子が聞くと、

「さあ、元東大全共闘なら、それなりにあるでしょうね」

ユリエは言葉を濁したが、ユリエの指摘は、あきらかに皆の不安を煽った。美貴子は元東大全共闘という佐伯蓮の経歴が暴力の対象と直結してしまうのを、今ではストンと理解していた。理不尽な理由で、恐ろしい結果を招来するのだ。同級生たちも、皆ユリエの言葉で友達に何か悪いことが起きるのではないかと不安を感じたらしい。

「そうかあ、なんとかみんなで佐伯蓮を守ってあげようぜ」

川田平蔵の言葉に、読書会のメンバー四人はもちろんと心から賛同したが、いざ行動となると、どうしていいのか、構内で一緒に行動するぐらいのものだった。

「何とかして助けてあげなければね」

美貴子は、もっと積極的な行動をとイライラしてくるが、どう行動すべきか皆目見当もつかない。

「佐伯くん、なんでもなければいいけど」

ユリエは冷静に心配していた。

「きっと、あの爪の赤い人が上手く隠して誘導してくれますよ」

割り切ったような言い方だった。木嶋圭子の断定に、美貴子は反発を感じた。この時、美貴子は、はっきりと佐伯蓮が好きだと思った。あの赤い爪の女子学生のおかげで、そして木嶋圭子のおかげで、美貴子は無意識のうちに芽生えていた佐伯蓮への想いを自覚してしまったのだ。佐伯蓮を革マル派から守るのは、私なのだと強く思ってみる。そんなことができるとも思えないが、誰にも佐伯蓮を奪われたくなかった。初めて気づいた恋心に美貴子は、狼狽えていた。ほんとうにそうなのだろうか、この気持ちが嫉妬に駆られた競争心からではないのか、そんなに狭い気持ちからなら、嘘だ。美貴子は皆と別れて独りになりたかった。とくにユリエから離れたかった。ユリエには、何もかも心を見透かされてしまう気がする。

美貴子は、ユリエに留学条件を調べておきたいから付き合ってと言われて、読書会のメンバーたちと別れて、二人で一階の事務所へ行った。中庭では、まだヘルメットに手ぬぐいマスクが大勢集まって集会が続いていたから、一般学生でも中庭を突っ切れず、回り道をしなければならなかった。校舎の周囲の廊下をぐるりと一周して、事務所まで赴いた。どうやら佐伯蓮は無事に構内から出たらしかった。流血騒ぎはおろか、暴力が起きたという噂も伝わってこない。美貴子はもちろん、ユリエも安堵しているようだ。美貴子はここでユリエに別れようと言おうとした。しかしユリエに引き止められた。今日の感動をふたりで話しあおうというのだ。

「面白かったわね、今日の講義」

そうなのだ。今日の講義は、ユリエにとって値千金の価値があるのだ。ユリエの目の輝きに美貴子は魅入る。ユリエは授業中ずっと熱心だったし、佐伯問題がなければ、一刻も早く美貴子に感動を伝えたくてウズウズしていただろう。ここは親友の誼で我慢だ。どうやらユリエには美貴子の佐伯蓮への淡い気持ちなど眼中にないらしい。それは幸いだった。自分でもまだ半信半疑な気持ちだ。そんな状態で男女関係の機微においてはずっと先んじているユリエに美貴子の心理分析をやられたら、芽生えるものも芽生えなくなりそうだった。

「あのマロニエの木で嘔吐を催す箇所があったでしょ。その前なんだけど、サルトルの言った言葉。私はあっちの方に感動したわ。〈本質は偶然なのだ〉というところ。〈存在するとは単にそこにあるだけだ〉っていうところよ。強い言葉よね。私たちって因果律に縛られている。この子がこうなったのは親の責任だ、挙句は先祖にそういう人がいたとかね。日本人って、どうしてこう因果応報の考え方に囚われ過ぎるのかしら。それで宿命論に陥るでしょう。窮屈すぎない？　サルトルはね、存在は偶然だと言い切って、そこにあるだけっていうのよ。ものすごい自己責任だわ。自分が全部一人で背負うのよ。生まれて生きるってことは、もちろん自己責任ですものね。他人に原因を押し付けても始まらないのよ」

そうかしら？　生まれて生きるのを全部独りで背負って立つのは、美貴子にはしんどく思える。運命というものも考えてもいいと、美貴子は普段から思うのだ。佐伯蓮に巡り合ったのも運命なのかもしれないではないか。しかしユリエは、美貴子のような他人本位のような他力本願のような生き方が、自己責任を放棄しているように見えるらしい。それは大目に見てあげる必要もあった。勘解由小路ユリエは自己の公家の出自の重さを背負っているのだし、それから逃れたくて、サルトルのような実存主義に惹かれている。ユリエのサルトル好きは、流行の哲学にファッションとして乗っているのとは違って、自身の人生の指針を見つけようとする、真摯な自己省察に結びつく。それが美貴子にはわかるから、敬意を払っている。まだまだユリエの話には続きがあって、話したくてたまらなそうだった。しかし、美貴子は、どうしても、ひとりになりたいと思っていた。

ユリエがいつものように一緒に帰ろうと言ってきたのを、「ごめん、ちょっと図書室による用事がどうしてもあるから」と、美貴子は断った。

十

ユリエがスロープを降りきってしまうまで、美貴子は見送っていた。そしてしばらくして同じスロープを下りていき、バス停の方へは向かわずに穴八幡神宮の横にある急階段を登った。社殿の前にたどり着くと、以前来た時よりも松の木が堂々と聳え立っているように感じられた。参詣者の間を縫って松の木のそばへと近づく。地面から、ゴツゴツと逞しい根が、茶色の土を突き破ろうと盛り上がっていた。

土の下で盛り上がるふてぶてしいほどの形の根に、美貴子は、樹齢数百年の松の木を支える力強さを感じた。樹木は時間の風雪に耐え、神宮の今や象徴になっている。根はその象徴を支えている。時は根に集約されて太い岩のような形に成った。三百年という時間をこのコブの一つ一つが担っているのだと思えた。しかし、サルトルが言う、この根に新しく向こうからやってくる凄まじい快楽を感じるとは、いったいどういうことなのだろう。たしかに根に畏怖のようなものを感じることはできたが、自分がこの木を支える根っこになってしまうには、十九歳の美貴子にはまったく力不足のようだ。十九歳の自分は、まだまだこれからで、大きく見積もってもこんなに凄い根っこのコブなどではない。つまり美貴子はまだ本質には程遠い、ひよっこにすぎないのではないか。本質が偶然性だというのは詭弁のような気もした。美貴子がもし快楽のようなものを感じるとすれば、せいぜい樹木の枝の先端の葉っぱが、風にそよぐ心地よさであり、夏に生い茂る力強さだろう。それは根っこの感じる快楽とは異なると思う。葉っぱとは、根から水分や養分を得ていても根とは別もので、年数を経てもこんな立派な根っこにはなれずに枯葉となり、散っていく。だから葉っぱの偶然は、根の本質とは決定的に違うものだ。葉っぱはゆらゆらと時を逃しているだけで、時の気ままに流されて揺れるだけで、さっさと落ちて行くし、時と正面から向き合っているのは、やはり根ではないか。それとも、どんなに弱い薄い一枚の葉っぱでも、このコブのような太い根の本質と同等と考えるべきなのだろうか？　なんだか弱くていい加減な本質になっていないか。美貴子の感じる程度の葉っぱの爽快感では、嘔吐なんか催さなかったし、嘔吐の感覚は決して訪れなさそうに感じる。美貴子は自分が根っこに同化できないから考えが進まなくて、困ってしまった。

そのとき、根っこのコブの上に黒い人影ができて、美貴子を見ているかのように覆った。美貴子は、佐伯蓮が来てくれたのかと、期待を込めて顔をあげた。

「葛原さん、こういう場所に来るんだね。知らなかった」

それは、利根宗介だった。ニヤニヤしながら立っていた。佐伯蓮のはずがないのだった。利根宗介は、意図して笑っていたはずはないのだろうが、笑っているように見えた。余裕なのか、照れなのか、他の意味があるのか、少なくとも美貴子には、親しみ易さを感じさせない笑いだった。美貴子は、妙な違和感を覚えた。

「ううん、たまたまなのよ。実は今日で二回目」

「なぜ来たか、わかるよ。多分、さっきのサルトルの講義のせいでしょ。マロニエの根で実存がわかったっていう」

図星を指されて、嫌な気がした。親しく話しかけられるほど今まで話したことはなかった。あの読書会を決めた自己紹介の時以来だ。

「利根君も、そうなの?」

「いや、僕はしょっちゅう来ている。これでも神社の息子だからね。ここ、結構由緒ある神宮だから興味もあるんで」

「あ、そうよね。ここは、パリの公園じゃなくて日本の神社だし。存在と言ったって、八百万の神様を考えるのが自然なのだから、快楽と対峙して実存が生じる、と考える方が毒されているかもね」

うまくごまかしたつもりだった。利根宗介にたまたま会ってしまい、窮屈を感じ始めた美貴子は、早くまたひとりになりたいと思っていた。けれども、利根宗介は美貴子の気持ちを忖度するようなふうはなかった。

「そんなふうに考えなくてもいいと思うよ。葛原さんは、真摯に授業を聞いて、自分の疑問を確かめに来たんだから。別に僕は葛原さんを冷やかして言っているわけじゃない。ただ、あれはサルトルのデッチあげだと思うんだ。文学的工夫。実際マロニエの根を見て、嘔吐なんかするはずなんかないよ。あれは作家の創作だよ、たぶん。ま、すごいけどね」

そう言われてみればそうかもしれない。利根宗介は、鋭い分析を披露してみせた。この人を侮れないかもしれない。

「ただ、・・」

利根は、決まり悪そうに口を濁した。

「葛原さんは、この神社になにをお願いしているの？」

「えっ、べつに。お願いは」

「神社ってさ、願いごとをしに来るところなんじゃないかな、普通。根っこなら、大学の中庭でだって見れるでしょ。ま、たしかにここの松の根っこは巨大だけどさ」

美貴子は、虚を衝かれて、相手の真意を測りかねた。利根宗介はあの独特のニタニタ笑いをしていた。

「いや、失礼。深い意味はないんだ。葛原さんは勘解由小路さんといつも一緒なのに、ここへどうしてひとりできているのかな、と思っただけだよ」

　この神社へ美貴子がひとりで来たいと思うのは、確固たる理由があるわけではなかった。それに今日は、佐伯蓮への想いを独りになって一刻も早く確認してみたい気持ちもあったのだ。しかし利根宗介は、無意識の暗闇を引き裂くようなことを、ポツンと言った。

「葛原さん、逃げない方がいいよ」

「・・・・・」

「葛原さん見ているとさ、なんか大学から逃げているような気がする」

「逃げているなんて、そんな」

　むしろ真摯に向き合っているのだ、と美貴子は言いたかった。しかし、この同級生からそう見られていたことが、今までの大学での自分をそのままを示されたと感じられて、言葉に詰まった。大学の現状を嫌だと感じる気持ちが逃げる気持ちのように見えて、それが自分の姿や行動全体に表れていて、この同級生の目に映っていたのだろう。しかしそれほど親しくもない同級生から、なぜそんなことを言われなければならないのかわからなかった。

　商売をしていて願掛けにやって来ている一団が、御神木の前を遮るようにしている二人に露骨にぶつかって来た。二人は、松の場所に長く留まっていたため参詣客の邪魔をしていたのだ。利根宗介と美貴子は、松の前の通り道から脇へよけた。

「だってさ、松の根っこで実存を感じるのってさ、あくまでも比喩なんだから、大学の中で感じたっていいわけじゃない。何もこんな神社なんかに来なくたってね。僕ね、葛原さんにも勘解由小路さんにも木嶋さんにも、同級生の親しみを感じている。いや誤解しないでよ。男女の間の親しみという意味じゃなくてだから。あ、こう言い切ったら逆に失礼なのかな。いやあ、言葉が下手で足りなくて、ごめんなさい」

「いいのよ、利根君の言いたいこと、わかるから」

「助かる。あのさ、それでね、勘解由小路さんも木嶋さんも大学に面と向かっているじゃない。なんていうか、青春真っ只中っていうか。でもさ葛原さんは、斜めに構えているでしょ。もちろん、あの革マルに正面切って構えろなんて言っているんじゃない。そうじゃなくて、人生の一番いいときだろ、大学時代って。それなのに、どうしてそう現実に距離を取るのかなっていうか、逃げてる感じがするのが露骨に見えちゃうんだよ、もったいないって、思うんだ」

美貴子は、あきらかに不意を突かれていた。もちろん親しくもない同級生からこんなことを言われる筋合いはない。しかし、利根宗介の口調には意地の悪いお節介の片鱗もなかった。何か切実な要請から助言してくれているような言い方なのだ。同じ状況に置かれた大学生同士の素直な感想だった。だから、美貴子も素直に応じた。

「そう、そんなに逃げているように見える?」

「いや、真面目で一生懸命なんだけどさ。でも、オブラートにくるんでいるっていうか、教室の中でも、僕たちの仲間内でも、いつでもショーウインドーから眺めているように見えるんだ」

さすがに美貴子も利根宗介に悪気がないとわかると落ち着いてきて、あまりに言い過ぎではないかと言いたくなった。

「そうかしら？　私、これでも積極的にみんなと関わっているつもりだけど。大学からだって逃げているつもりもないし。斜めに見ているとか、心外だわ」

「ううーん。僕の表現が適切ではないかもしれない。そう見えるんだな。葛原さんはほんとうはそんなに斜めからというか、オブラートにくるんで現実を見るタイプじゃないんじゃない？　ほんとうはもっと積極的に前向きに向かう性格なんだと思うけど。大学ではなんかすべてに遠慮しているようで、もったいないよ」

〈もったいない〉と、言ってくれた。

つまり、利根宗介の言いたい意味は、美貴子には自分がない、ということなのだ。美貴子は、そう解釈した。

二人は長居をしすぎたことを同時に気づいた。

「じゃあこれで。あまり話したこともない人にいきなり、僕、なんでこんなことを言ったのかな、たぶんサルトルの授業で興奮していたせいかもしれない。サルトルに免じて許してください ね。僕の言ったこと、どうか気にしないで。さよなら」

利根宗介は、慌てるように去っていった。利根宗介自身も、どうしてあんな言い方をしたのか、自分でも困ってしまったのだろう。いくら同級生だからといって、面と向かって悪意で相手の欠点を言えるわけがない。利根宗介は、そんなことをするほど悪い性格ではないし、それにどう考えても、普段から美貴子にとくべつ関心を持っているようにも見えなかった。たぶん、利根宗介の言ったとおり、『嘔吐』の叙述が、あの授業に参加していた者たちの精神を特別に高揚させてしまったせいかもしれなかった。自然の流れに逆らえなかったのかもしれない。美貴子はしかし、どうしてこんなことをいきなり言われたのか、ショックを受けていた。考えてみれば、美貴子だって興奮していた。ユリエだってあんなに興奮していたではないか。まさに美貴子にとって、利根宗介の言葉というものは、降って湧いたような偶然の出来事、偶然の本質的な言葉だったのだ。受け入れることも拒むこともできない、本質的な言葉が、偶然ふたりの間で招来したのではないか。

気づくと、目の前で高齢の女性の参詣客が松の木の根に足を引っ掛けて、転んでいた。一緒にきていた同じような高齢者があたふたし、近くにいた若い男性がそれに気づき、大丈夫ですか、と言いながら起こそうとしたが、捻挫をしてしまったのだろうか、転んだ高齢の女性は体をくねらせたまま痛そうにしていて、なかなか立ち上がれなかった。周囲の人たちも気づいて人が輪になり、小さな騒ぎが起きていた。

ふと美貴子は、自分がこのような状態になった昔を思い出した。あれは、どこだったか、

料金受取人払郵便

大阪北局
承　認
1635

差出有効期間
2025 年 1 月
31日まで
（切手不要）

郵便はがき

553-8790

018

大阪市福島区海老江5-2-2-710
㈱風詠社
愛読者カード係 行

ふりがな お名前		大正　昭和 平成　令和　　年生	歳
ふりがな ご住所	□□□-□□□□	性別 男・女	
お電話 番　号		ご職業	
E-mail			
書　名			
お買上 書　店	都道府県　　市区郡	書店名	書店
		ご購入日	年　　月　　日

本書をお買い求めになった動機は？
1. 書店店頭で見て　2. インターネット書店で見て
3. 知人にすすめられて　4. ホームページを見て
5. 広告、記事（新聞、雑誌、ポスター等）を見て（新聞、雑誌名

詠社の本をお買い求めいただき誠にありがとうございます。
の愛読者カードは小社出版の企画等に役立たせていただきます。

書についてのご意見、ご感想をお聞かせください。

)内容について

)カバー、タイトル、帯について

社、及び弊社刊行物に対するご意見、ご感想をお聞かせください。

近読んでおもしろかった本やこれから読んでみたい本をお教えください。

購読雑誌（複数可）	ご購読新聞
	新聞

協力ありがとうございました。

お客様の個人情報は、小社からの連絡のみに使用します。社外に提供することは一切ありません。

確かミカン狩りに、家族で山へ登ったときのことだった。弟がそばにいたような気もする。いや、いなかったのだ。父と母と一緒に先に行っていた。美貴子は独りで、取ったミカンを手に持っていたはずだが、それも覚えていない。足元の大きな根っこにつまずいて転んでしまった。捻挫をした足が痛い。でも皆に遅れたくない。やっとの思いで起き上がるが、もう片方の足が崖下へと吸い込まれるようになり、そのまま今度は崖から転落してしまった。もっと大変なことになった。辺りは暗く静まっていた。人の声がせず、鳥も啼いていない。誰も助けに来てくれない。そもそも美貴子はたすけてーと叫んだのだろうか。どのくらいの時間が流れたのか、五歳の幼児の時間感覚はきっと十九歳のいまとは違う。五歳の美貴子は一人ぽっちのほら穴のような崖下で、一生涯の時間が流れていくように感じていた。そして、こんなふうに暗い所で、誰からも隔てられた世界に入っていくことに親和感があった。怖くはなかったのだ。誰も自分に気づいてくれない、たった独りぽっちの世界が珍しかったのだろうか、ただ寒くて、手足が突っ張っていき、周りの土や草と同じものになっていく感覚だけがあったように記憶している。崖下は、実は道路から三メートルぐらい下だったので、弟が隣にいた姉の不在に気づいて両親と叔父達が駆けつけてくれて、ほんの十分か十五分くらいで美貴子は助けられた。

あれは、ほんの一瞬の自然との同化の経験で、死と直面したとは到底言えないけれど、偶然の向こう側には深淵がぽっかり穴を開けているとは幼いながらに感じたのだ。そして、おそらく美貴子が、自分に向き合っていた時間で、本質的な時間だったのかもしれないのだ。あのようなつまずきは、他人と隔てられる世界への通路であり、おそらく松の根っことは、たった一人の自分を意識する契機なのかもしれない。葉っぱでもそういう契機になり得るのだろう。葉っぱでも根っこでもあるいは幹でも、自然が関わってくるというか、自然と向き合うことは、同じことなのかもしれない。

利根に指摘された、逃げるというのとは違うような気もするけれど、でも実際、美貴子はいつも他人に頼っていて、自分と向き合おうとしないから、自分の人生から逃げている姿と指摘されても受け入れるしかないような気がした。ショックを受けることではなかった。なんと言っても、逃げている人間には自我が希薄で、深淵へと通じる暗い通路はきっと目の前のどこにも転がっていても気付かないのだ。〈停まった時〉は、この死を意識する生の相貌を見せるからこそ、生命の真っ只中の人間は、嘔吐を催すのかもしれない。希薄な自我を他人から指摘されたぐらいでは、〈嘔吐〉を催すことはあり得ないだろう。利根宗介のいうとおり、美貴子の自我は、オブラートにくるまれた情けない自我を露呈していた。

美貴子は、松を離れて戦没慰霊碑の脇にある参道を歩いた。目の前の丘の先にはこんもりと樹木が生い茂っているが、今は、樹木の先に視線をやる気になれなかった。樹木の間からくっきりと聳え立つはずの大学院棟は、今日は薄ぼんやりと、どこかの小工場の煙突のようにしか見えない。その下では、相変わらず過信の革マルや、勘解由小路ユリエや佐伯蓮や赤い爪の女子学生や木嶋圭子や利根宗介や川田平蔵たちが、時を停まらせて、しっかり自我を見据えて頑張っているのだ。なんだか自分だけ、仲間はずれな気がした。

美貴子は、薄く見えている大学院棟を凝視できなかった。疲れていた。

十一

三日後の日曜日、家族五人、弟の運転で田舎へお墓参りに出かけた。

母の用意した鎌で、母と美貴子と由美の三人で、懸命に墓石にまとわりついていた蔓を切り落とした。地面に縦横無尽に生えている雑草もついでに鎌でやっつけた。我が家はなぜか男性陣はこういう力仕事に参加しない。母が虚弱体質の父を庇っていたからなのだが、弟の達也は、筋肉質でサッカー部のくせに、美貴子や七歳年下の妹の由美に草取りを任せっきりで、自分は父と一緒になって平気で見て口だけ盛んに動かしている。

「おう、すっきりしたな」

父が、母と美貴子と由美を労る。女性陣の作業のおかげで墓地らしく我が家の一区画には墓石がくっきりと浮かびあがっていた。

「ご苦労さん」

達也が父の口調を真似する。

「アンタに言われたくないわ。調子がいいんだから」

「そうだよ、お兄ちゃん、少しは手伝いなよ。運転手だからって免罪符じゃないでしょ」

弟は、ニヤニヤ笑っている。

「ま、ひとには向き不向きがあるから、たっちゃんは、草取り向きじゃないからね」

「お母さんが甘やかすからだよ、お兄ちゃんがやらないの」

由美はブツブツ言っている。母が仏花を手向け、父が火を点けた線香を数本ずつ、めいめいに渡してくれる。父がまっ先に墓石に向かい手を合わせた。

「定家葛というらしいわね、しつこい蔓のことを」

ひととおり墓参りの行事が終わると、母が言った。

「そう。能の『定家』だろう。亡くなってまで、恋人の式子内親王を思い詰めた末が、墓石に纏わりつく蔓なんだからね。はげしい妄想だな」

父と母は能と歌舞伎が趣味という古風な日本趣味で結ばれた人たちだったから、二人で話すときには、ときどきそういう話が出る。美貴子たちは、何となく聞いている。

「妄想ね、なんという激しい。でも死んでまで愛されたら、女性の方も本望じゃないかしら」

「僕には、関係ない話だな」

「おとうさんは、妄想とは縁がないでしょう、アッサリしている方だから」

美貴子は、ちょっと両親を冷やかしてみたい誘惑に駆られたが、やめておいた。なんとなくこの頃の我が家の流れで、美貴子の大学の話題が蒸し返されそうな気がする。弟が我関せずとユーミンの曲を口笛で吹いている。

「お兄ちゃん、帰りは丁寧に運転してよ。さっきトラックとすれ違った時、畦道に落ちそうになったでしょ」

「あれは、百回に一回くらいの確率だから。まずないよ」

「お母さん、これでしばらく安心ね、すっかりきれいになったし。ねえ、その鎌、来週サークルで使うから私に貸してね」

「どうぞ。だけど、なんでこんなものをテニスで使うの?」

「それがね、草取りなのよ、新入生全員で。コートの周りってすごいの、草が」

美貴子は、母から借りた鎌についた蔦の緑色の汚れを、渡された布巾で丁寧に拭き取った。切尖を見ると鋭い刃が銀色に光っていた。実によく切れそうだ。藤原定家の断ち切れない情念を、見事に断ち切ってくれるであろう鎌の切先だ。これは便利な道具である。

妄執に囚われた情念やこんがらかった思考のもつれなどは、さっさと切り捨てたほうが良い。大学にはびこった執念深い妄想と化した政治の情念を、スパーっと切り捨ててしまうのは、いかにも爽快な気がした。大学は元の姿に戻ってスッキリ浮かび上がる。あのヘルメットに布マスクのイバッた連中の首を、鎌でスパーっ、スパーっと次々に切っていくとしたら・・・・。文学部のスロープに並んでいく革マル派学生たちの首の羅列。トンデモナイ、美貴子は自分の考えに戦慄した。

十二

その翌週、三鷹のコートは、梅雨の晴れ間の快晴で、絶好の草取り日和となった。テニスウエアに着替えた新入生たちは、平川誠司の号令でコートの周囲に散らばった。

「あ、皆さん、実は私、鎌を持ってきていまして、たぶんこれがあればかなり早くやれると思うんです。こっちの方は任せてください」

美貴子は、そう言って、お墓で母から借りてきた鎌を手で新入生たちに示した。

「おお」という声が上がり、美貴子は笑いながら、さっさとテニスコートの横の長い側面に歩いて行く。作業に取り掛かると鎌の威力は凄まじく、美貴子一人で根が土に食い込んだ雑草をみるみるうちに払っていった。周囲の繁茂した草が刈られてしまうとコート全体は以前の二倍は広くなったように見えた。美貴子たちのチームはあっという間に終わってしまったので、美貴子は「あっちも手伝ってくるわ」と言って、小屋の裏側に回ったチームの方へも回って行き、皆が手こずっていたしぶとい根の雑草を、美貴子一人で鎌で断ち切っていった。鎌は、明確な目的にふさわしい明確な道具だった。みんなが、オーオー、いい調子、と掛け声をかけてくれた。草は次々と薙ぎ倒されていった。まさしく鎌は草薙の剣だった。薙ぎ倒す、というのは非常に気持ちのいいものである。達成感が半端ではない。あーあ、文学部にもこの鎌があったら、目障りに蔓延る革マルという雑草を薙ぎ倒せるのに、とやはり連想はそこへいく。

素早く作業が終わったので、案の定、新入生たちから感謝されたばかりか、新入生が草取りをやっている間、テニスコートで練習を続けていた上級生たちのあいだでも話題になったらしく、平川誠司が美貴子のところへやってきて、褒めてくれた。各自持参の水筒を出して皆で喉を潤し始めると、美貴子も冷い水を一気に水筒から飲み干し、教室ではなかなか味わえない満足感に浸った。新入生たちの一大イヴェントを終了させると、晴れてイエローテニスのサークル会員となることができた気がした。たしかに、地元のコートを借りている大学生にとっては、草取りは、ボランティアというより、一つの仕事だった。新入生たちは真新しい自分のラケットをそれぞれ持って、平川誠司の指導のもと、いよいよ本格的な練習に入っていく。といっても一ヶ月間は素振りだけなのだが、真剣な素振りというわけだ。湿り気を帯びた風が心地よい。

帰り際、美貴子は、平川誠司に呼びとめられた。

「葛原さん、今度、田コロに行かない？」

「えっ、いいんですか？」

意味のない返事をしていた。田園コロシアムはテニスをやる学生にとっては聖地で、自分ではプレイできなくとも憧れの場所である。美貴子の家が同じ東急線沿線でしかも田園調布とは目と鼻の先にあるのに、田園コロシアムのテニスチケットを手に入れるのは至難の業だった。それほど人気がある。その高嶺の花の聖地に誘われたのである。

「こっちが誘っているんだよ、面白いね、葛原って。では言い直しますよ。あなたのご都合はいかがですか？　空いていますか、再来週の水曜日？」

デートに誘われているらしいと、ようやく気づいた。

しかし、まさか、新入生ばかりか先輩の女性たちの憧れの的になっている平川誠司に誘われるなんて、実感がなかった。

「はい、喜んで。でも私一人だけなんでしょうか？」

またおかしな受け答えになった。美貴子は上級生とセットで誘われていると思った。とっさに平川は美貴子の躊躇を感じ取ったらしい。

「あ、嫌なら、他の人も誘うけど。ああ、加藤さんも一緒にどう？」

「はい、どうぞお願いします」

帰り道に一緒に帰る新入生の名前だった。今も、美貴子が平川に呼び止められたので、加藤さんは遠慮して少し離れて歩いていた。平川誠司は、そつなく加藤さんに声をかけた。

「あ、行きます。ありがとうございまーす」

加藤さんの方は、即答だった。美貴子は雰囲気がやっといつも通りになったので、平川誠司に感謝の言葉を言うことができた。

「いいですね。ありがとうございます。田コロは家から近いのですが、私、まだ行ったことがなくって」

平川誠司は、いかにも女子学生に慣れた態度で、相手に反省を促すような苦笑を美貴子に返すと、時間と待ち合わせ場所は次回の練習日に教えるからと言って、行ってしまった。

三人で行くことになって美貴子はほっとした。チャンスを逃したとは思わない。突然の申し出に対処できる気持ちを美貴子は持ってはいなかった。イエローテニスでの生活は、美貴子にとって、あくまで文学部の息苦しさから逃れるための気分転換だ。革マル派がほぼ占拠している文学部で、ユリエや佐伯蓮ら同級生たちとつながる連帯意識は美貴子にとって最も大切な、今や学生生活の核になっている。それに、美貴子には友人たちと対等に議論し合いたいために読むべき本が、山のようにあった。だからテニスサークルは、美貴子にとっては文学部とはかけ離れたお洒落な世界で、あくまで文学部中心の美貴子には、テニスサークルは、ちょっとした気分転換の場だった。リラックスできる空間だった。他の新入生たちは、テニスサークルの活動を学生生活の中心に置いている人も多い。その中心のサークルの、花形ともいうべき平川誠司とデートするのは、美貴子には想像さえしていないことだった。ちょっと図々しすぎやしないかと思う。もしユリエなら、サルトルを持ち出して、偶然が本質なのにどうせ降って沸いた偶然じゃない、気楽に楽しんだらと冷やかし半分に面白がるかもしれない。しかし美貴子は、ほんとうに困っていた。楽しむどころではなかった。上級生とデートするぐらい、お遊びなのだからこなせなくてどうすると情けなくもなる。けれども、恋愛に発展する可能性だってある。なんとなくそういう気分にはなれない。

美貴子は、三鷹のコートから大学までの電車に乗りながら、ずっとぼんやりしていた。郊外の景色に重なって見えるのはハンサムな平川誠司ではなくて、小太りのヘンテコリンだ。趣味が悪いのだろうか？　いいや、小太りヘンテコリンに知性のある紳士が私の好みよ、とひとりうなずく。美貴子は、一緒にデートする相手が佐伯蓮だったら、革マルに追われて恐怖と隣り合わせかもしれないが、ワクワクするだろうな、と想像した。すると、佐伯蓮の隣にブリジット・バルドーが出てきて、高揚する気分は、クシャッとしぼんでしまった。

十三

乗り継いだ地下鉄を西早稲田で降りて、馬場下の交差点の交番を視野の先に見ながら、半地下になっている喫茶店を右に曲がると、文学部の校門を入る。スロープを登っていくとき、身体が軽く感じられた。スポーツで身体を使い、今日は草取りもしてより一層疲れているはずなのに、スロープの傾斜がいつもより緩やかだった。中庭では中規模の集会が行われているらしい。美貴子は、佐伯蓮が狙われているのに思い至り、ちょっと気を引き締めた。今日のような中規模集会の時には、佐伯蓮の動向が気になってくる。それにしても、今までいた三鷹のテニスの世界と文学部のこの世界とはなんという違いだろう。とても同じ大学とは思えない。

利根宗介に文学部から逃げていると言われたことはずっと心に引っかかっていた。逃げるという卑怯な態度を、面と向かって同級生に言われたのはショックに違いなかったが、美貴子の自尊心はそれほど傷つかなかった。美貴子は、利根宗介の批判を当然の友だちからの忠告と受け取った。自身の不甲斐なさは、ここ二ヶ月間の文学部での洗礼でわかっていた。そのように自己分析できるまでに、美貴子は、以前に比べて成長していたと思う。

中庭の見える頂上まで来て、三十一号館の左手入り口を入ろうとしたときだった。

「あなた、少し話さない」

女子学生から、声をかけられた。長くない髪を後ろできつく結わえて、全体に薄ぼんやりした印象を与える茶系のブラウスと同色系のスカートを履いている。革マルだと思った。大柄な彼女に三十一号館へ入る入口を塞がれて、美貴子はその場に立ち停まらざるを得なかった。

「授業があるんです。そこをどいてください」

「あなたね、大学当局の犬たちの話なんか聞くより、あなた自身の現在にとって必然の話をするべきよ」

「犬だなんて、暴力的な言い方は聞きたくありません」

思わず口走っていた。

「暴力？」

「あなたの言葉遣いです。言葉も暴力でしょう」

「面白いこと言うじゃない。ちょっと、こっちに来なさいよ」

女は、美貴子のブラウスの上から右腕をぐいとつかんだ。思わぬ力に美貴子はたじろいだ。左手にテニスバッグを持っていたので、美貴子はその手を払いのけることができなかった。彼女の行く方向へ数歩連れて行かれて、三十一号館と三十二号館との境目の背後の壁に、押し付けられるような格好になった。しまった、と思った時はもう遅かった。中庭で革マルの集会が開かれていて、スロープを登ってくる学生たちにはこの場所が見えない。死角になっていた。

革マルの女性は、女子学生かどうかわからなかった。とっくに卒業して、それでも大学に居座り続けているのかもしれなかった、年増女に見えた。相手は、いいカモを引っ掛けたと思ったかもしれない。

「アンタ、角棒やヘルメットを見ておびえ、内ゲバと聞いただけで暴力と自分は縁がないとすましている典型的ノンポリ女子学生さん？　日和見主義が無責任と怠惰にあぐらをかいているだけの、いいご身分のお嬢さんガ・ク・セ・イ」

言葉がライフル銃から出た弾のように美貴子の顔にあたった。革マルの女が、イー音を故意にイーッと伸ばして顎を上げると、櫛も綺麗に入っていないベタついた髪が、肩でバサついた。一週間は洗髪していないなさそうな髪の毛から、脂分がこっちの額にかかるようで、美貴子は思わず顔を背けた。いっしょに耳も塞いでしまいたかったが、美貴子は両手で胸に抱えるようにテニスバッグを抱き締めて持っているため、手が塞がっていた。バッグは重かった。中に、ラケットとテニスウエアとテニスシューズ、サルトルの『嘔吐』の原書と翻訳本、仏語の辞書にノートとペンケース、財布、そして、鎌が入っていた。

この程度の悪口雑言は言われるだろうな、と覚悟はしていたが、実際に面と向かって言われてみると、腹が立つより屈辱感にうちひしがれそうだった。一般学生に対する批判をぶつけられていると思おうとしても、用心で武装する暇もなかったから、自尊心の表面をナイフで削られるような、ヒリヒリした痛みを感じた。もとより、革マル派たち新左翼が全面的に悪人集団だとは思わない。かつては大学闘争を闘ってきた、良き未来を志向した真面目な学生だったのだ。そして美貴子自身は遅れて大学に入学してきたあくまで傍観者だ。それが、どうして言葉の刃が鋭利に突き刺さってしまうのだろう？　どうして革マルは憎しみに満ちた言葉で新入生を虐めるのだろう？　美貴子が抉られた傷を塞ぐには、言葉を持って対処するしかなかった。しかし、佐伯蓮がユリエが木嶋さんが利根宗介が川田平蔵が主張したような理論武装を、美貴子はまだ身につけていなかった。読書会はまだ一度も開催されていない。これではまるで、素手の一対一で革マル派と闘えと言われているようなものだ。美貴子が付け焼き刃のサルトルとカミュの実存主義で、革マル派の横暴な論理を打ち破ることができるだろうか？

　しかし、そんな現実はあり得ない。討論しましょうといったところで無駄だし、文学部では大学の日常は夢のようなものだからだ。美貴子は、暴力を受けるのではないかという恐怖にとらえられ始めた。

　革マルの女は、美貴子の顰めた顔を見て怯んだと踏み、満足したらしく、いよいよ調子に乗って喋り出した。

「アンタ、さっき、言葉の暴力と言ったわね。暴力とはそもそも何なのか、考えたことがあるの？　お情けで教えてあげるとね。いくらなんでもレーニンは知っているわよね。ふん、よろしい。そのレーニンがね、テロリズムというのは、行使する権利を保留はしても、現実に展開する際には断固否定すると言っているその暴力とは、革命に内在するものなのよ。しかしもちろん現実の闘争手段としては、我々は暴力を決して用いない。つまり、我々は内ゲバを原理的に否定しているし、党派闘争はイデオロギー的、もしくは組織的になされるべきだと考えている。一対一の暴力的対決はそれ自身否定しているわけね。一体、アンタたちノンポリ学生が、何を指して暴力というのか、無知な人達を相手にすると誤解が増幅されて、正義が悪になってしまうじゃないの」

内ゲバを原理的に否定しているって？　ウソでしょう！　しょっちゅう中核派たちとポンスカやりあっているし、連合赤軍の『あさま山荘事件』は内ゲバのリンチの最たるものではないですか、と反論したかった。しかし美貴子の脳は掴まれていた腕よりもズキズキと痛んできて、口もぎゅっと固く結ばれてしまって、まともな思考ができないだけでなく、思考したとしても、言葉を音節化することができなかった。

「無知蒙昧はね、『赤旗』も同じよ。彼らは、アナキズムのテロリズム的側面を拡大して、論理を組み立てるから。そういう意味では中核の連中も同じ穴の狢ね」

また、わけのわからないことを言い始めた。学生は無知じゃない、と言ってやりたかった。掴まれている右腕に、革マルの女の太い指が食い込むようで気持ちが悪く、左腕はテニスバッグの重みでだるくなってきた。バッグには鎌が入っていた。この革マルの女の前に、テニスバッグから鎌を出して脅かしてみようかという、とんでもない考えがひらめいた。雑草は刈るに限る。大学をボウボウにしているこんな雑草、スパーッと切ってしまったら、どんなにスッキリするだろう。鎌で、目の前のこの女性を斬りはらう。それは暴力ではなく正当防衛という、正当行為なのではないだろうか。美貴子は、自分の考えに慄いた。ようやく絞り出すように言った。

「授業があるんです。もうこのくらいでいいでしょう。行かしてください」

「そうはいかないわよ。どうぜアンタ新入生だし、語学の授業なんか休んじゃいなさいよ」

「違います。サルトルです。『嘔吐』を読んでいるのです。私、真剣に実存思想を学んでいるのですから」

「ハーハッハ。真剣ですか。サルトル。実存主義ねえ。お分かりになるの？　アンタが」

「わかりますよ。バカにするのも、いい加減にしなさいよ」

〈キホン、一般学生には革マルは手を出さないから〉

ユリエの言った言葉を噛み締めていた。大丈夫、暴力は振るわれないと。しかし、美貴子は危険を感じた。正当防衛で、いざとなったら鎌がある。追い込まれていた。掴まれている右腕を振りほどこうと、左腕に持っているテニスバッグを振り回した。一瞬だった。

「オーイ、ボスー！」

女の大声がしたかと思うと、中庭の集会で背中を丸めて座っていた革マルのヘルメットが一人立ち上がり、こちらを見た。しかし同時にワーと大声が上がって、向こうの集会場で騒動が勃発した。中核派が集会に殴り込みをかけてきたのだ。どさくさに紛れて美貴子のまえに矢のように走り寄ってきたのは、佐伯蓮だった。革マルの女の腕を強い力で振りほどいてくれた。佐伯蓮は女をグイッと押しのけると、もう片方の手で美貴子の手をとった。美貴子は、佐伯蓮に引きちぎれそうなほど強く手を引っ張られて、もつれるように中庭を駆け抜けた。後ろから革マルの女と、女に呼ばれて駆けつけてきたボスに追われていると思ったが、後ろなど見ないで夢中で走ったので、どうなっているのかわからなかった。中庭では、すでに角棒を持った学生たちが素手の学生を追いかけ回し、パニックに陥った革マル側がほうほう逃げまどっていた。二人はその騒動に乗じて逃げることが出来たのだが、佐伯蓮に腕を引っ張られて駆けている美貴子には、恐ろしい騒動の渦に自分たちも巻き込まれてしまったと思った。二人は、中庭を横断して、大学院棟のガラスドアを開けて飛び込んだ。

一階のそこは事務所になっていて、事務員たちが飛び込んできた二人の様子に驚いて立ち上がった。もう大丈夫だった。安全地帯に入っていた。さすがに大学の事務員たちがいるこういう場所には、革マルたちは入っては来ない。

ハー、ハー、ハーとなかなか息が切れなくて、美貴子は下を向いて息を整え、やっと佐伯蓮の顔を、見あげた。佐伯蓮も息を整えながら、美貴子の顔を見ていた。お互い、しばらく息が整うまで何も言わずに、顔を見合っていた。

「ありがとう」

「なんでもなかった？　何かされなかったね」

「うん」

「よかった。でもバカだなあ、どうしてあんなことをしたの？」

佐伯蓮の言葉で、緊張していた美貴子の気持ちが一気に崩れてしまった。美貴子は急に恐怖に捕らえられて、全身がブルブル震え出した。もう力が尽きて、テニスバッグを床に落とした。そしてどこに溜めていたのかと思うほど涙が出てきて、そのまま佐伯蓮の胸に倒れ込んだ。佐伯蓮は、しっかりと美貴子を受け止めてくれた。顔を上げて、美貴子の顔と佐伯蓮の顔とが近づきそうになった時、事務員の男の人が現れた。美貴子と佐伯蓮はすぐに離れた。

「あんたたち、巻き込まれなくて良かったよ。危ないところだった。中庭で革マルの集会に、中核派が押し入ってきたらしくて騒動になっているからね。さっき大学が呼んでもうすぐ機動隊が突入してくるから、気をつけて。もう少しここにいなさい。騒動が収まったら、念のため僕が校門まで送って行くから」

美貴子はまだドギマギしていたが、外は大変ことになっているらしく、事務員は二人を安全に保護しようとして、緊張した声を上げた。「ありがとうございます」と二人で声を揃えた。

大学院棟の堅固なコンクリート建築内は、完璧な安全地帯だった。二人はここにいることで守られていた。ガラス一枚隔てた中庭では、学生たちがお互いに憎悪をむき出しにして闘っている。美貴子は、内ゲバを初めて目の前で見た。背筋に泡立つような寒さを感じた。目を覆いたくなった。ガラス一枚隔てた向こうで学生が角棒でおなじ学生を全力で叩いているのだ。背中に角棒を打たれて痛そうに蹲る学生がいる。ヘルメットを押さえている両腕に角棒が当たり、骨折したように腕の曲がってしまう学生がいる。痛みで泣き出している学生もいた。心が凍ってしまい、隣に佐伯蓮がいるのさえ忘れるほどだ。

「ひどいね、よくあの中を通ってこれた」

美貴子も、同じ気持ちだった。あのすぐ脇を駆け抜けることが出来たと思うと、改めて佐伯蓮への感謝にあふれた。佐伯蓮が来てくれなかったら、美貴子は逃げ遅れて渦中の人となり、角棒で、あの学生たちのように打たれていてもちっともおかしくない。

「佐伯君、本当にありがとう。私、なんとお礼を言っていいか。あなたに危害が加えられなくて、よかった」

美貴子と佐伯蓮は、事務員に付き添われたまま話していた。この大学院棟へは、ヘルメットの学生たちは決して入ってこない。あの騒動の中を二人で通り抜けてきた二人の無謀を、事務員は、怪我をしなくて本当によかったと言いつつも、暗黙のうちに非難していた。しかし押し合い圧し合いは一瞬だった。機動隊員たちが突入してきたのだ。この事態を受けて、数十人の中核派が交じり合い、百人近くで争っていた両派の学生たちは、あっという間に散らばり、蜘蛛の子を散らしたように中庭からいなくなってしまった。一体どこへ逃げ去ったのだろうと思うほどの、逃げ足の早さだった。

佐伯蓮と美貴子は、促されるまま大学院棟の事務室へ移動して、広場に誰もいなくなり静かになっていくまで、しばらく待っていた。女性の事務員が出してくれたお茶を飲みながら二十分くらい待って、誰もいなくなった中庭の端を、事務員に付き添われながら、記念会堂脇の安全な場所から校門へと向かった。みちみち、二人は案の定、事務員に叱られた。

「あんたたち、今日は文学部は全授業休講になっているというのに、どうしてやってきたの？」

美貴子は、今日が休講だということを迂闊にも知らなかった。それでは佐伯蓮はどうして来ていたのか。どうしても図書館で借りたい本があったと言った。でもほんとうにそうなのかどうかはわからない。佐伯蓮は言葉を濁していた。

事務員に丁寧に礼を述べて校門を出ると、救急車が五台停まり、救急隊が忙しげに膝をついて怪我をして地面に横たわっている学生の手当をして、車内に次々と運んでいた。それを見ると、またさっきの惨劇が目に浮かんだ。機動隊の装甲車も、文学部の正門脇から早稲田通りに沿ってズラッと並んでいた。機動隊の装甲車を美貴子は好かない。しかし、今日こそ機動隊が文学部にとっていかに重要か、美貴子は知らされた。私立の大学が国家権力に頼らなければならない惨めさをヒシヒシと感じた。大学は何ごともなかったかのように、静まり返っていた。一瞬の出来事だったのだ。そして、こういうことが日常茶飯事に起こるから、大学も、周囲の街も、学生たちまでも、事が過ぎてしまうと何もなかったかのように元通りになった。美貴子にとっては信じられなかったが、いつの間にこうなってしまうまで内ゲバの現状は日常化してしまったのだろうか。

二人で学バスを待って、乗った。歩いて帰るには疲れすぎていたし、まだ何が起こるかわからない恐怖があった。バスは空いていて、二人は並んで座った。美貴子はおどおどと周囲を見回し、落ち着いて座れなかった。佐伯蓮がエスコートするように美貴子を窓際に座らせて、自分が通路側に座ってくれた。

二人並んで座ってみると、大学院棟での経緯が二人の間柄を縮めているのを感じた。しかし美貴子はいまだに、内ゲバの現場に遭遇した恐怖心で圧倒されていたのである。佐伯蓮が不必要なことは何も言わずに座っていてくれるのが嬉しかった。あまり長い間、沈黙が続いているのが不自然になってきた頃合いに、佐伯蓮が言った。

「そのバッグ、ずいぶん場所を取るね。ラケットが入ってるの？」

たしかに、美貴子と佐伯蓮との間に、テニスバッグが場所をとっていた。

「そう。私、テニスサークルに入っているの」

「葛原さん、テニスをやるんだ。いいね、スポーツをするのは」

「佐伯君は？　何かサークルに入っているの？」

「ぼくは、熱心な方じゃないけど、英会話。ＥＳＳ」

なんだか会話がギクシャクしていた。さっきの熱烈な感情は、レアーケースが生んだ特別な場合だったのか。ふたりは、いつもの教室で机を並べているただの同級生のようになって話していた。双方が堅い。まるで初めて会って自己紹介をしているようだと思っていたら、佐伯蓮がふと、言った。

「よかったね、本当になんでもなくて」

「佐伯君、私、あの時、あなたが来てくれなかったら・・」

美貴子は、あの時の怖い思いがぶり返して、救われた時の安堵と、自分のぶざまを恥じ入る感情とが同時に込み上げてきた。佐伯蓮の手が、美貴子の手に優しく置かれた。小太りの手のふんわりとした温かさが伝わってきて、美貴子は、その手を握り返した。

バスの車内は蒸し暑く感じられた。それから長い間、手を握ったまま、ふたりとも何も話さなかった。なにか、ふたりで座っているだけで、通じ合っているような気がしていた。

古い映画を上映している小さな映画館を左に見ながら、バスは通り過ぎていった。

「だけど、メチャクチャ早かったわね、私たち。百メートル十二秒ぐらいで走ったんじゃない?」

「そんなに速くはないよ。だけどさ、まさか中核が突入して来るとはね、僕も知らなかったんだ。革マルだって、まさか今日、中核が来るとは想定してないから、あれだけの規模の集会をやってられた。革マル派は無防備だったからね。むしろ大学当局の方が情報を掴んでいたらしい。僕たちあれに巻き込まれなくて、本当によかったよ。むしろ僕は革マルより、あんな激しい内ゲバの混乱の隙を縫って、よく逃れられたと思うよ」

「怖かった?」

「そりゃ、怖いよ。もちろん僕だって、一世一代さ」

「・・・。あの、私を捕まえていた革マルの女子学生、どうなったかな? うまく逃げおおせたかしら?」

「見なかったの? 肩を角棒で殴られて、蹲ってたよ」

内ゲバの激しさが、鮮明にまた浮かんだ。

「暴力は、絶対にいけないわ」

佐伯蓮の手が美貴子の手から離れた。

「しかし、革命に暴力はつきものだからね。元々学生運動には、暴力は胚胎しているものだから」

「佐伯君、前にもそう言ったよね。佐伯君は暴力を肯定するの?」

佐伯蓮がシーっと人差指を自分の口に持っていった。

「降りたら、ちょっと喫茶店で話そう」

「いいわ」

終点の高田馬場駅で降りると、佐伯蓮がよく知っているという、駅近くの喫茶店へふたりで入った。大通りに面した大きなガラス窓の横のテーブルに座ると、ポケットからタバコを取り出した佐伯蓮は、おもむろにタバコに火をつけた。タバコを吸う佐伯蓮を見るのは初めてだった。ふと、赤い爪のブリジット・バルドーの影を美貴子は感じた。

「あの、ひとつ聞いてもいいかしら？」

「どうぞ、遠慮なく」

「あなたは、東大の元全共闘だったと聞いているけれど、ほんとうなの？」

「ああ、そうだよ。勘解由小路さんでしょ、その情報の出所は。ま、同級生に隠すほどのことじゃないさ」

コーヒーが運ばれてきて、美貴子は啜った。佐伯蓮もタバコを灰皿に置いてコーヒーを飲む。

「やはりそうなのね。それで佐伯くんは、どうして学生運動を始め、そして辞めてしまったの？」

「ズバリ聞くね。それを話すと、ちょっと長くなるけど。葛原さんが知りたいなら、話すよ。

僕の生い立ちと関係があるんだ。僕の父が会社経営に失敗してね。それでものすごい借金背負って、追い詰められた挙句、両親が離婚したんだ。ま、そのせいだけじゃないと思うけど、そう言うとき助け合う夫婦だってたくさんいるだろうからね。だけど僕がまだ五年生で、何が何だかわからなかった。僕は母の方に弟と共に引き取られた。借金取りが来てね、母も僕も押入れに隠れたよ。怖かった。一気に世界が変わったんだよ。それまで僕は結構ちやほやされてたのに、周囲の人たちが全員敵になったんだ。で、母は働きに出たけど、専業主婦で贅沢に慣れていた人だったから心労で結核になっちゃって、あっという間に死んじゃったんだ。弟は、もともと虚弱体質だったし、母親っ子の甘えん坊だったから母の結核が移ってね。続いて亡くなってしまった。僕は、弟を可愛がっていたから、母が亡くなってショックだったけど、弟の時は号泣したんだ。おかげで天涯孤独さ。親父は蒸発していたから、頼っていく事ができなかった。この先どうなるんだろう？　僕も死んじゃうのかな、死んだらどうなるのかなって思うと、居ても立っても居られない。悲しいより、不安で不安でたまらなかったよ。まあ幸い、昔から僕を可愛がってくれていた母の弟が、子供がいなかったから僕を養子にもらってくれてね。そうそうこの叔父が、母のお葬式も弟の時もやってくれたんだ。だから今の父と母は、本当の両親じゃなく叔父と叔母なんだ」

美貴子は、黙って佐伯蓮の話を聞いていた。佐伯蓮は淡々と話し続けた。美貴子は、佐伯蓮がそんな生い立ちであったことに、少なからずショックを受けた。小さい頃からどれほど苦労してきたかを想像すると、心が痛んだ。なんと言葉を挟んでいいのかわからなかった。下手に感想を言うと、佐伯蓮を傷つけそうな気がして、黙って相槌を打つしかできない。もともと雄弁な佐伯蓮は、美貴子の反応を十分に予想しているように、タバコを吸って、コーヒーを飲んでいた。

「それで僕は迷惑をかけちゃいけないって一生懸命勉強をして、まあ日比谷高校に受かり、東大法学部へ行った」

「偉いのね、大変だったでしょう」

　美貴子は、佐伯蓮の前向きな生き方と、それを芯から支える頭脳の明晰さと意志の強さに感動した。美貴子の反応など、なんでもないことのように佐伯蓮は話を続ける。

「でもあの時、安田講堂の一年前だったんだ、僕が入ったの。１９６７年。日比谷のときからずっと全共闘運動に参加していてね。とにかく僕は今の両親には感謝しているけど、人間なんかみんな欺瞞だと思ってたから。心の底はスースー風が吹きっぱなしでさ。虚無的だったんだよ。とにかく人間というのは、欲の塊なんだ。本能なんだよ、生きようとするエネルギーが欲なんだからさ。誰も否定できない。しかし、それは弱さでもあり、お金の力にはかなわないってことになる。親しかった人たちが、父の借金で手のひらを返したように変わるのを嫌というほど見たからかもしれない。宗教や道徳の本も読んだし、キリスト教の教会にも通った。でも、みんな嘘くさいと思った。そういうことじゃ救われないとね。信じられなかったんだ。いわばニヒリストさ。世の中、金で動いているのは否定できないんじゃないかって。そんな時、貧乏人をなくすには政治を変えなきゃダメだと友だちに借りたマルクスの本で知ってさ、学生運動にのめり込んだわけだ。でも学生運動にはどうしたって暴力行為がつきものだとつくづく痛感したんだ。机はバリケードになるし、ヘルメット被ってなきゃ、警察や機動隊と対峙できないからね。僕は暴力を全面否定はしない。ただ革命を実現するための積極的なテロ行為に陥るのは僕は許せなかったんだ。嫌なんだ。そういうのって。何かが決定的に違うんじゃないかと思ったんだ。だって革命思想の極限は実は殺人だったんだから。全共闘が革命のお手本にしたロシアの共産主義はさ、レーニンからスターリン、そのスターリンがさ、政治思想の名の下に二千万人以上の人を殺したんだぜ。人が人を殺す権利なんてあるわけないじゃないか。つまりさ、ロシアの革命が実現したのは、ヒューマンロスさ。そう気づいたら、もう学生運動には魅力を感じられなくなってしまったんだ」

「そうよ、やっぱり佐伯君だわ。暴力は否定するのよね。それにしてもヒューマンロスって言葉、なんだか寂しいわね。その佐伯君のいう、ヒューマンロスとは、〈革命思想が行き着くところは実は殺人〉というところだけどね。たしかにあのフランス革命がそうよね。だって、最後は結局、フランス人は、自分の王と王妃をギロチンにかけて殺してしまうんでしょう。そして、ロベスピエールもマラーも次々に殺されていく。ヒューマンロスもいいとこじゃない？　人間の自由や平等を謳いながら、結局政治の世界はヒューマンロス。日本は明治維新で、将軍が天皇に禅譲して、大政奉還をしたわ。決して殺さずに礼儀正しく権力を移向させたんだわ。暴力革命を起こさなかったのは、日本人の和を尊ぶ精神のすばらしさだと思う」

　佐伯蓮が黙っていたので、美貴子は、非論理的におしゃべりをしているんじゃないかと、恥ずかしくなってきた。

「私、めちゃくちゃでしょう、理論も何もないのよ。だいたいみんなが読んでいる本、全然読んでいないから。学生運動のことも、ユリエから聞いた受け売りでしかないから、ごめんなさい」

「いや、納得できるよ、葛原さんの話。そういう面はたしかにあるでしょう。ただ日本の明治維新における権力の移向はもっと複雑だと思うけど」

お世辞でも、佐伯蓮に同意してもらって嬉しくなった美貴子は、気が大きくなって、自分の考えを聞いてもらいたくなった。

「そうお？　それならちょっと、『罪と罰』の話をしてもいい？」

唐突な話題転換なのに、佐伯蓮は怪訝な顔もせずに、むしろ微笑んでいた。

「どうぞ」

「あの主人公のラスコーリニコフね。ドストエフスキーはあの主人公に、人類のエリートたるものには、くだらないおぞましいだけの強欲な金貸婆さんを殺す権利がある、と言わせているでしょう。でも、その強欲婆さんとたまたま一緒にいた罪のない女の人まで殺してしまうじゃない。それをあの天使のように純真なソーニャに柔らかに非難される。ソーニャの愛に包まれてだけど。ただ黙って見つめられるだけなんだけどね。ラスコーリニコフにとっては拷問に等しい。つまりドストエフスキーは、高邁な理想のためでも、殺人を否定したわけよね」

「そう、その通り。革命家たちは、自分こそ人類のエリートであるいう思想を持っている。

だけど、革命という名目であっても、人類の輝かしい未来の為にでも、殺人だけは決して

やってはいけないんだよ」

佐伯蓮が聞いてくれるのに励まされて、美貴子は、まるでここぞというように、『カラマーゾフの兄弟』の話までしだした。

「ねえ、私は『カラマーゾフの兄弟』はすごく難しい小説だけど、子供の話が出てくるのが印象的なの。ドストエフスキーって、とても優しい人だなって思うのは、無限に優しい目を子供に注ぐからでしょう、佐伯くん、そう思わない？　『罪と罰』でもソーニャの妹たちや弟たちの描き方は優しいし。私、『アンナ・カレーニナ』は好きな小説なんだけど、トルストイって、すごく善人のように言われるけど、なんか子供を慈しむ視点が足りない気がするの。主人公のアンナは子供より自我に夢中で、母親より女を優先するから」

「今のソ連になる前のロシアの話だけどさ。知ってるかな、あのエピソード。アレクサンドル二世の専制時代にテロリスト集団が皇帝の命を狙う企てをした。でも挫折しちゃうんだよね、テロリストが。馬車に乗るアレクサンドル二世に爆弾を投げようとしたまさにその瞬間、皇帝の隣に可愛らしい子供たちが座っているのが目に入ったという理由でさ。テロリストはさ、どうしても爆弾を投げることができなくなってしまう。結局暗殺をやめてしまった」

「いい話ね、それ。テロリストのもつ人間性が最後の瞬間に現われて、殺人をストップさせたのよね。子供の力ってすごいわね。私、すごくわかる。親は自分が死んでもいいのよ、そ

れでも絶対に守らなきゃいけないのは、いたいけな子供。だって子供って無垢でしょう。なんにもわからない。だから幸せなのかどうか考えることもできない。大人は、全力で守るべきなのよ。そういう状態で暴力を振るわれたら、そしてもしも死んでしまったなら、もうその子は幸福がわからない人間になってしまうわ。人間の究極の悲劇は、幸福か不幸かの区別もつかないことじゃない？　しかも考える力もないうちに。不幸と幸福の違いがわからないで死んでしまったら、神様もわからないってことだものね」

「神は、死んだんだよ」

と言って、佐伯蓮は苦笑する。

「もちろん、死んだからには、生きていたんだけどね」

能弁な佐伯蓮は、ニーチェの言葉を引用し、西洋キリスト教社会と東洋の無について話をしたいらしかった。彼のテーマであるらしい宗教学の話が始まるのかもしれない。

その時、斜め前の反対側の席で赤ちゃんが泣き出した。半端ではない。声が次第に大きくなってとうとう喚く声が店内中に響き渡った。小さな男の子がおしゃべりをし続けている母親同士に放ったらかしにされていて、目の前のレゴを組み立てるのにも飽きて、赤ちゃんにちょっかいを出したらしい。母親が慌てて男の子を叱る。母親は、バギー車から赤ちゃんを抱き上げて頻りにあやすが、赤ちゃんは火のついたように泣き続ける。おかげで、小さな喫茶店の会話は、どの席でも中断せざるを得なかった。

佐伯蓮は、タバコの火を灰皿に押し付けて消していた。

「ねえ、革マルって、赤ちゃんが泣き叫ぶのに似ているわね」

「えっ？」

「だって、赤ちゃんってオムツに垂れ流しでしょ。自分のオシッコよ。自分が出した排泄物なのに自分で処理できなくて、ワーワー大泣きして母親に取り替えてって喚くだけ。そうでしょう。自分たちが内包する暴力を処理できなくて、垂れ流しにして、ワーワー喚いて。結局、機動隊をお母さんがわりに呼んでいる」

「ワッハッハッハ。傑作だ。いいね、それ」

美貴子も、笑った。

「それ、全共闘の連中が聞いたら茫然自失だろうね。舌噛み切って死んじゃいたいとでも言ってさ。だがね、オムツの赤ちゃんは革マルや新左翼に当てはまっても、東大全共闘を同じにしないでよね。誤解しないでもらいたいな。少なくとも自分たちでオムツは取り替えられるんだ。僕はそういう意味で、ずいぶん学生運動というのは変質してしまったんだな、って失望している。三島由紀夫は暴力を否定していない。〈生まれてからこのかた、一度も暴力に反対したことはありません〉なんて言っているぐらいだ。高橋和巳だってそうだ。だけど彼がもし生きていたら、僕らの大学の文学部の現状なんて見せられないよ。地に堕ちたなあ。あの作家は全共闘の学生たちに心情で真に寄り添ってくれていたのにさ、知性と精神を失った新左翼なんてね」

「佐伯君は、高橋和巳が好きなのね」

「もちろん。教授会で孤立して大変だったよな、あの人。病気で苦しんでいて、死ぬ間際に最後にどう見えるか、どのような映像が目に映るかってことを考えていた。暴力を振るわれた学生たちが、最後に見た映像がアスファルト道路の上から見た泥靴じゃたまらないってね。ねえ、葛原さんはどう思う？　死ぬ間際にどんな映像を見たい？」

「えっ？　うーん、やっぱり愛する人ではないかしら」

美貴子は深く考えもせずに答えた。女の子なら誰もが答えるような平凡な答えだ。言ってみてそう思ったが、別に訂正するほどのこともないと、佐伯蓮が、何を思ってそう言ったのかを考えてみもしなかった。佐伯蓮は、ゴホン、ゴホンと故意に咳をして、吸い始めたばかりのタバコを灰皿に再び捻り潰した。かなりヘビースモーカーらしい。美貴子はもうあまり残っていないコーヒーを飲み終わって知らぬふりをした。

佐伯蓮がコーヒーを啜りながら、言った。

「ねえ、葛原さん、夏休み、フランスに行かない？」

「えっ！」

美貴子は言われている意味がわからなかった。フランスって、何のこと？　夏休みの予定を聞かれていると思った美貴子は、とっさに答えていた。愚鈍の見本を絵に描いたように。

「私、夏休みはテニスの合宿なのよ。山中湖」

「そう、それじゃ」

断りに聞こえたに違いなかった。それ以後、妙に話が続かなくなってしまった。会話は宙に浮いていく。後で美貴子は、どんなにこの時のことを思い返しただろう。チャンスを逃したと気づいても遅かった。もはや取り返しがつかなかった。そういうものだ。しかし佐伯蓮は唐突過ぎるではないか。美貴子がついていけるように言って欲しい。石橋を叩いて渡る美貴子は、小さい時からの人見知りやつまらない虚栄心やらがないまぜになって、咄嗟の幸運を掴めないのは、もう習い性になっている。おそらく佐伯蓮はものすごく勇気をもって言ったのだろうと美貴子はずっと後になってから思ったのだった。

高田馬場駅で、佐伯蓮は「じゃ、また教室で」と言って、何事もなかったかのように反対方向の電車に乗って行ってしまった。美貴子はもう一度誘われるのをずっと待っていたが、そんな虫のいいことは起こらなかった。奇蹟は続かないのだ。

佐伯蓮は、二度と誘って来なかった。

十四

美貴子は、帰宅するとぐったりしてしまった。ベッドに体重を預けると、布団を頭までかぶった。その日一日のめくるめく出来事が、想い出そうとしなくとも次々に浮かんでくる。三鷹での草取りに始まって、革マルの女と話した恐怖、そして佐伯蓮に助けられ、中庭の内ゲバの中を佐伯蓮に腕を引っ張られながら逃げ延びたこと。あの大学院棟の中での抱擁一歩手前の瞬間、学バスで隣り合って座り、置かれた手。そして、初めて二人だけで話した喫茶店。佐伯蓮との会話の内容を反芻すると、美貴子はまたドキドキしてきた。佐伯蓮の語った内容、その一つ一つの言葉にまた酔った。あの凝縮した二人だけの会話、今まで経験したことのないような広い世界へと連れていってくれそうな濃い時間。それなのに、自らの躊躇で、一瞬で、佐伯蓮との未来を亡くしてしまった。後悔しても後悔しきれないことだ。

いや、ちがう。ずいぶん話したのだし、それで充分だと思おう。佐伯蓮は包み隠さず自らの生い立ちを語ってくれた。そして、美貴子の話に熱心に耳を傾けてくれたのだ。相槌も打ってくれた。まるで相性のいい恋人のように。それなのに、美貴子は結局、佐伯蓮を遠くへ追いやってしまったのだ。いやそんなことはないと、必死に思い直そうとしても、佐伯蓮の誘いに乗れなかった苦い後悔で、自分がおぞましかった。ひどいのは佐伯蓮だ。あんな言い方じゃわからないじゃないか。もう少し前提を、余裕を与えてくれてもいいじゃない。相手を責めても仕方がないのに、八つ当たりをしなくてはどうしようもないぐらい自分の馬鹿ぶりが悔やまれた。ああ、もしかして挽回できる手立てがあるかもしれない。明日になればきっとこの失敗を取り戻せるかもしれない、スカーレット・オハラのように。明日があると希望してもいい。でもそれは、せつな過ぎる心の、逃げていった青い鳥への未練でしかないのではないか。

夕食時の家族との会話で、美貴子は思い煩いから何が何でも遊離したくて、軽快すぎるような日常の話を、口から出任せに喋った。はずむお笑い芸人のノリで。

「夏休みにフランスに行くのって、みんなどう思う?」

「わあ、お姉ちゃんいいじゃない。行けば。フランスか。私も行きたいなあ」

「ずいぶん唐突ね。どんな目的で行くの? だいたいどのくらい費用がかかるのか、ちゃんと計算したの? 簡単に行くなんて言わないでちょうだい。旅行計画をきちんと考えてからにしてね」

「お母さん、いいじゃない。大学生が海外旅行するのは、今流行よ、一年生で行くのに意義があると思うな。でも私なら、バイトしてお金を貯めとくけど」

「そうでしょう。由美が正解よ。だいたいツアー旅行って廉価だけれど、それだからこそ色々不便があるし、ちゃんと調べてあるの？　それにテニスサークルでいくんでしょう。向こうでテニスでもやる気？」

母は、ツアーで行くのを前提にしている。それ程、金持ちのサークルでも大学でもない。

「まさか。それにテニスサークルの団体旅行じゃなくて、友達同士の個人旅行よ」

「ますます悪いわ」

「あのなあ、美貴子。おまえさあ、だいたいフランス語、どのくらい出来るの？」

弟が、美貴子の一番痛いところを突いてくる。

「返事がないってことはやっぱり、全然できないんだろ。そんな初心者で行くなんてもったいないよ。もう少し力をつけてからにしなさいよ。フランスは美貴子にとっては、〈猫に小判〉、〈馬の耳に念仏〉、〈豆腐に鎹〉よ」

家族中がそれこそ〈馬の首を取ったように〉これ見よがしに笑った。「何よ、失礼ね」と美貴子が言っても、それこそ〈焼け石に水〉だ。母も妹ももちろん弟もバカにしたように笑い続けている。ああ、何だか佐伯蓮にフラレた痛いみじめさに輪をかけて、ギュウギュウ、塩をすり込まれている気がする。

「まだ早すぎるな」

ひとり笑っていなかった父が、ボソッと言ってこの話は終わって、美貴子はホッとした。

でも、みなの言うことも、もっともだった。フランス語力にお金。たしかに両方とも美貴子にはなかった。フランスへ行くのに、佐伯蓮はフランス語ができたし、アルバイトで稼いでお金も貯めていた。きっと彼はフランス行きのために猛烈にフランス語を勉強し、バイトをしていたのだ。そういえば、いつも忙しそうにして授業が終わると一目散に帰っていく理由は、バイトを掛け持ちしてやっているからなのだと、誰かが言っていた。佐伯蓮は、大学で得ようとしているもののために、明確な目標を設定していて頑張っている。それなのに、自分は何だ。佐伯蓮は、その目標に向かって生活をやりくりして、一方で革マルの横暴に異を唱え、仲間たちと協力し合うことにも精力を惜しまない。自分が追われているくせに美貴子を助けることを厭わなかった。父も母もいない弟もいない、たった一人で生きている佐伯蓮。美貴子は佐伯蓮からしたら、親の脛齧りでどれだけいい気なお嬢さんに見えていることだろう。漠然と無目的に大学生活を送っている美貴子のような学生をほんとうは腹の底で軽蔑しているのかもしれない。それなのに、そんなことは今までおくびにも出さなかった。そして、一緒にフランスへ行こうとまで誘ってくれたのだ。美貴子は、つくづく佐伯蓮が素晴らしい人間だと思った。心の底から誠実な人で、人生に真っすぐ向き合っている。美貴子は、いい加減な自分を省みて穴があったら入りたいくらい恥ずかしかった。

もともとフランスへ一緒に行ける資格なんかなかったのだ。誘ってもらっただけでも幸福なことだったのだ。ありがたい、と思った。

少しでも佐伯君に近づけるように努力しなくっちゃ。部屋のカーテンを開けると、遠くの方で東横線が高架道路を走っている音が聞こえて、夜が深まった。美貴子は、今日一日に感謝したい気持ちでいっぱいだった。

十五

約束の田コロの日がきた。美貴子は何度も断ろうとして、なんとなく出来なかった。もうテニスサークル自体を辞めようと思っていたところに加藤さんから電話がかかってきて、彼女の嬉しそうな声に、断る勇気が萎えたのだ。あんなに平川誠司と観戦するのを楽しみにしているのに、美貴子には平川誠司に誘われた経緯がわかっているので、もし自分が行くのを辞めたら、ふたりだけでうまく行くのを想像しにくかった。その日は、快晴の暑くも寒くもないテニス日和だった。三人の待ち合わせ場所は東横線の田園調布駅の改札口で、そこから歩いて数分もかからないテニスの聖地に着いた時には、すでに観客席がほぼ埋まっていた。

平川誠司を挟んで、加藤さんと美貴子が並んで座った。正面のやや右寄りの真ん中少し上の席だった。最高の席だ。さすが平川誠司だと美貴子は思った。すり鉢状になっている田園コロシアムは、エースが出ると巻き起こる拍手と時々選手を応援する声で大音響が起きたが、審判の判定の声だけが聞こえる静かさで一球一球を観客が固唾を呑んで見守った。いかにも日本人の観戦客はお行儀が良い。テレビで観るウインブルドンやローラン・ギャロスの騒々しい応援や、相手選手のミスに乗じた皮肉な拍手は起きなくて、日本の聖地は規律のとれた趣だ。

美貴子は、チケットを平川誠司から渡され入り口を入ったその瞬間から、感動していた。ずっとテニスが好きだったのだ。広いコートで闘うたった二人の凛とした空気が好きだった。中学生の頃から憧れていた田園コロシアムなのである。加藤さんの方は、一度来た事があると言っていたから、それほどでもないらしい。平川誠司は、感動に浸って一人で舞い上がっている美貴子より、どちらかというと、加藤さんに多く話しかけていた。美貴子は、何となく平川誠司に無視されているように感じた。しかし、いったん試合が始まると、サービスエースが決まった時や、バックハンドのレシーブエースが見事に相手コートを突き抜けたりする時に、平川誠司は、キラリと光る目をその都度、美貴子に向けて来た。美貴子も、感嘆の声をあげる代わりに平川誠司の目に応じた。試合に夢中になれば自然にそうなったので、意図したわけではないが、ふたりの視線が交差し絡み合う瞬間は頻繁だった。美貴子は、平川誠司が美貴子の満足度を測り、さらにその先にある平川の意図を感じとって、試合の最後の方は、故意に目を合わせるのを避けてしまった。

「今日は、どうもありがとうございました」

美貴子と加藤さんとは、心から平川誠司にお礼を言った。

「近くで、お茶していかない？」

平川誠司が二人を誘った。それはやはり、そういう自然の流れだった。

「あの、私の家、この三つ先の駅なんです。すみません、今日は疲れたからもう帰ります」

美貴子は少しも躊躇せず断った。平川誠司がみるからにがっかりしたのがわかって、美貴子は傲慢すぎるのかな、と思った。

「そうか、そんな近くだったの。それなのに、田コロ初めてだったんだ」

「ええ、そうなんです。平川さんに誘っていただいたおかげです。本当に今日はどうもありがとうございました」

美貴子は、もう一度きちんと御礼を述べた。その御礼には、これで最後のお別れだという意味で今までの感謝が込められていたのを、平川誠司は気づいただろうか・・・。

加藤さんは、美貴子がお茶を断ったのに驚いた様子で落胆を隠せずにいたが、スマートで思いやりのある平川誠司が、加藤さんに気を遣うことを忘れなかったから、すんなり笑顔が戻った。

「じゃあ、加藤さん、いいかな、二人だけになっちゃったけど」

「はーい、よろしくお願いしまーす」

平川誠司は思い遣りのある人だな、と思う。加藤さんの顔は輝いて、むしろ遠慮して帰っていく美貴子にお礼を言いたそうなくらいに見えた。美貴子は、平川誠司と加藤さんに駅で別れた。

田園コロシアムでのテニス観戦は、文句なく楽しかった。改めて、テニスというスポーツの素晴らしさを味わえたし誘ってくれた平川誠司にこんな経験をさせてもらって、やはり感謝しかなかった。平川誠司も加藤さんも気持ちの良い人だ。しかし、時を止めて奥にある深いものを暴いてみせる、あのゴツゴツした根っこを二人にどう説明しよう。爽やかで晴朗なスポーツの世界より、グロテスクな木の根っこの方に魅かれる気持ちをこのふたりに押しつける勇気は美貴子にはなかった。美貴子は、いつのまにか、表面の醜さや薄汚さや人から見過ごされるものの底に、なにか真実が隠されているのではないか、と思うようになっていた。それを見極めていくことで自分自身と向き合えるような気がしていたのだ。たとえそのことによって今までの表面上の幸福を捨てたとしても。

以後、美貴子の足はサークルの練習地である三鷹へ行くことはなかった。革マルから目に付けられ易いテニスバッグも、思い切って捨ててしまった。文学部の堅苦しさから逃れようと入ったテニスサークルだったが、美貴子にとっては、今では気楽な社交的付き合いがしんどいものになっていた。文学部の息苦しさこそ、自分にはふさわしい。美貴子の舵は切られていた。

十六

「この大学には、〈昼メシ〉がよく似合うわね」

「〈富士には月見草が似合う〉ように、ってこと?」

太宰で返したつもりの美貴子に、ユリエは苦笑した。

「私達からすると、〈ランチ〉と言いたいところだけど、この大学には、〈ランチ〉よりやはり〈昼めし〉に軍配があがるでしょう」

美貴子が「そうね」と相槌を打つ。ようやく皆の都合がついて初めての読書会が行われる日の午後、指定された場所へ歩く道々、よほど気分が乗っていたらしいユリエは、大学讃歌のようなことを美貴子に言うのだった。

ユリエによると、この大学の〈昼メシ〉では、男子学生たちが椅子に座っているのにわざわざ胡座をかき、卑猥な話を昼間から平気で話題にし、大笑いしながら腹を満腹させることなのよ、というわけだ。それが、この大学の〈昼メシ〉だ。それだけではない。飲食店の主人は、鍋の湯気に汗をかき、フライパン返しを動かしながら、厨房から自分もその会話に加わろうと耳をダンボにし続ける。そして厨房から時々大声で口を挟むのだ。カウンターと狭い店内を往復している主人の女房の方は、いそいそとコップに水を注ぎに来て、学生たちと一緒に笑い、一番ハンサムなのはこの男だねと思いながら、別の男子学生を指して「あんたは偉い。出世するよう」などとチャチャを入れる。学生たちがお袋さんのように慕ってくれるから、それがうれしくてしょうがないのである。飲食店を含めた商店街の人々は、ここの大学生たちを宝物のように、まるで自分たちの誇りのように愛おしんでくれていた。〈昼メシ〉とは、学生とそういう飲食店の人々との共同作業で作られる。大学の〈昼メシ〉は、早稲田通りの角の『三朝庵』という大きな老舗の蕎麦屋と、店の対面の夏目漱石が眠るという天台宗のお寺から始まり、その周囲の壁に続いて本部校舎へと続く狭い道路の両脇の小さな商店が切れるところまで、続いていた。

美貴子たちは、その『三朝庵』の前を通り過ぎてきた。

ここの小さな通りこそ、大学の本来の姿なら、学生たちにお似合いの場所なのだ。小さな飲食店、居酒屋、古本屋、レコード屋、学生服の注文を取る店、クリーニング屋、卒論などを請け負う印刷屋、雀荘、そしてこぢんまりとした下宿屋と、どれもこれも、学生にふさわしい大きさと格安の料金を提供していた。残念ながら、女子学生を想定していないから美容院とか、化粧品を売ったり小物類などを扱う気の利いた雑貨店はない。しかし、オフィスビルやレストランや銀行がないのを、この細い道路の住人たちはむしろ町の誇りとしていた。小遣いの少なさにヒーヒー言っている生活難民に近い学生たちには、レストランもオフィスビルも、銀行さえも必要がなかった。仕送りと雀の涙ほどのバイト代以外ほぼ縁がなかったからだ。安い値段で食事ができ、いつまでも粘っていられる〈昼めし〉は、便利でありがたく、学生同士が心置きなく楽しめる時間だった。学生たちを身内のように大事にしてくれる飲食店の〈昼メシ〉は、どの定食も極上の味がした。

一九七二年には、まだコンビニが普及しておらずファストフード店もなかった。だから学食を除くと、〈昼メシ〉を食べさせてくれる小さな店にみんな通った。ただ一九七二年のこの通りが、本来のこの大学の学生通りと異なっていたのは、大学闘争のヤジ演説が通奏低音として流れていたことだ。そしてときどき、学生各派のデモ行進があり、早稲田通りを機動隊の装甲車が往来し駐車していた。町の人々はどのように受けとっていたのだろう？　平和で穏やかではない大学を心配していただろうか？　ゲバ学生が角棒を振るうのを見て、危害が自分たちに及ぶのを恐れていたのだろうか？　救急車に乗せられる怪我をした学生を見て、お気の毒に親御さんたちはどんなに心配されていることだろうと、ため息をついていたのだろうか？

しかし、商店街の人々は、所詮いつかはこんなことは終わるとタカをくくっていたのかもしれない。どんなときでもプーンと秋刀魚の焼けた匂いや、炒飯の出来上がりの香りが漂うこの場所は、きっと商店街の人々がこの大学の学生たちの知性を心から信じていた証なのだという気がする。そして、明治の頃、夏目漱石が、

「縄暖簾の隙間からあたたかそうな煮染めの匂いが煙と共に往来へ流れ出して、それが夕暮の靄に溶け込んでいく趣」

と、この辺りのことを『硝子戸の中』で書いたぐらいだから、大学が出来る以前からこういう情緒があったのだろう。美貴子とユリエは、漱石のこの言葉を佐伯蓮から教えられた。授業が始まったばかりの四月、躊躇するユリエと美貴子が強引にこの昼めし屋さんの一軒に連れて来られた時のことだ。まだ三ヶ月しか経っていないのに、ずいぶん昔の事のような気がする。

その佐伯蓮が今日読書会のために選んだ店は、こうした〈昼メシ〉の商店街とは異なる、学生らしくないレストランだった。それは佐伯蓮の賢い選択だと、美貴子もユリエも思った。みなもそう思ったはずだ。大学闘争の意味を考える読書会を、学生らしい店で行ったとしたなら、それは即革マルの密偵に怪しまれることを意味したからだ。学生と密着した商店街にあって、もっとも学生らしくないレストランは、『高田の牧舎』しかなかった。教授たちに馴染みで、制服を着たウェイトレスまでいた。値段設定が学生には若干高めだったし、建物の作りが天井の高さに近いところまで大きなウインドーが路上全面に拡がっていて、中が丸見えであることでかえって安全なのだった。この時節、革マルの密偵がどこに潜んでいるかもわからないのだから、透明性は安心、安全とイコールということになる。おまけに教授という、機動隊よりある種厄介な守り神が大勢いてくれるのだ。

美貴子とユリエが入って行った時には、もう他のメンバー全員が揃っていた。

「よう、サルトルにカミュの専門家のお二人さん、こっちこっち」

佐伯蓮が大声で言って、手招いた。この頃、佐伯蓮はやけに陽気で、美貴子とユリエをしょっちゅうこう呼んでからかう。美貴子は佐伯蓮にこう冷やかされるのに閉口している。佐伯蓮の口を手の平で塞いでしまいたくなる。同級生たちみなはもう着席していて、カラカラと笑った。川田平蔵の声が特に大きい。佐伯蓮が中心に座っていた。木嶋さんが右隣りで川田平蔵が左隣り、利根宗介は佐伯蓮の斜め前、川田平蔵の正面に座っていた。ユリエは利根宗介の隣に席をとり、ユリエの隣に座った美貴子は、佐伯蓮の斜め前で、木嶋さんとは正対する席に着席した。

「ええとですね。なかなか出来なかったけど、やっと第一回目の読書会を開催できる運びとなりました。佐伯君に場所の選定をお願いしていましたが、別に彼じゃなくとも他の誰でも選べるごく当たり前の場所となりました」

「なんだよ、それ。ここじゃないといけないんだぜ。話しただろう」

佐伯蓮は呆れて言う。

「それでですね、最初の第一回だというのに、とても言いにくいんだけど、俺は参加できないんだ」

川田平蔵が皆を驚かした。

「えっ、それどういう意味なの？」

ユリエが詰問した。言い出しっぺのくせに信じられないと言わんばかりだ。

みんなが怪訝な顔をして、川田を見る。

「ほんとうに申し訳ない。でもどうしようもないんだ。俺ね、急に田舎に帰らなきゃならなくなったんです。ほんとに急なんだ。親父の具合が悪くなったって、お袋から昨日電報が来て」

「えっ、それじゃ、こんなところにいられないじゃない。早く帰ってお父様に顔を見せてあげないと」

ユリエの声が変わった。

「いや、別に今日、明日どうのこうのという重態じゃないんだ。そうじゃなくて、実家の経営をどう引き継いでいくかということなんだよ。話したでしょう。俺んち結構手広く経営やっているんだよ。俺、いちおう長男だしね」

「わかります。大地主さんって、大変なんですよね。早く帰ってお父さんを安心させてあげないと。残念だけど仕方がないですね、川田くん」

木嶋さんが言う。続けて利根宗介も同情した。

「そりゃ、大変だよ。大学どころじゃないよ。おまえ、半永久的に復帰できないだろうな」

「そうかな。大学だけは出ろって親父は言うと思うけど」

「そう、甘くはないと思うぜ」

と利根宗介。

「そんなに大変なの？」

美貴子には、地方の農家の事情は想像できない。

「復帰して帰ってくることはできないの？　四年間じゃない。そういう許しをご両親からもらって大学に入ったんでしょう？」

「いや、地方の大農家は、小作人を抱えているから、自分の家族だけの話じゃないんだろう。お前んち、相当大規模な経営をする農家だって、言ってたもんな」

佐伯蓮が、美貴子の疑問を制した。

「ありがとう。ごめんな、みんな。まあ親父も回復してまた戻ってこられるようになるかもしれないけどさ。ま、親戚の考え方もあるし、けっこう厳しいかもしれない。俺のことはこの辺にして。ところでさ、俺、この日のためにまだ取り上げる本が決まっていなかったけど独断と偏見でね、吉本隆明の『共同幻想論』を読んでたんだ。その感想、言わせてくんないかな？　今日しか出席できないから、図々しいけど。ちょっとだけ、みんなに俺の感想聞いてもらいたいんだ」

「ええー？　まさに独断だな。川田らしいな。でも読んだんだ、びっくりしたなあ」

利根宗介は、川田平蔵の顔を覗き込んだ。

「どうぞ、おっしゃいよ」

ユリエは川田平蔵に同情していた。

「聞いてあげるよ」

佐伯蓮も言った。そこで、皆の応援を力にして、川田平蔵はひとりで読書感想発表会を始めた。

「ええと、それでは。前半の「遠野物語」の部分から行きます。最初の〈禁制〉の章に俺は興味を持ちました。つまり、《〈黙契〉は、習俗を作るが、〈禁制〉は〈幻想〉の権力を作る》と吉本隆明は言っている。吉本隆明は、「遠野物語」の山人譚で山に入り込んだ人の時間的恐怖と空間的恐怖を言っているけれど、高所他界の信仰に、現代人にふさわしい禁制の恐怖を見る。なんだかさ。ここのところを読んでいて、この高所他界というのがね、文学部のスロープ上のことで、そこに起きている革マルによる禁制の幻想の権力みたいだな、と連想したんだ」

「なにそれ？　勝手な思い込みよ」

ユリエが呆れた声で言うし、みんなも行き過ぎだと思いつつ、川田の意見を聞いていた。

「よくわからないけどさ。でも君の意見だから聞いておくよ。それで後半部分は？」

佐伯蓮が先を促す。

「後半の古事記の部分は、単純に面白かった。小林秀雄は天才的な知性だと俺は思う。でも吉本隆明はあくまで庶民の知性というか、学生目線で世界を開示して見せてくれるんだなあと思ったよ。詩人だからかな、言葉に親近感があった。俺にとってはね。政治の話を生活者のレベルっていうか市井の日常倫理、いや日常の理屈で論じようというスタイルじゃないかな。吉本隆明という人は、資本主義体制と社会主義体制の対立という図式で世界を認識するのが嫌だったんだと思うな。だから、そういう政治の構図だけで世界を切り取ろうとはせず、包括的な世界観、それも日本人の根っこに根付いた世界観を創出しようとした。それで、個人の日常という〈自己幻想〉、男女の関係という〈対幻想〉、そして、国家を〈共同幻想〉として考え出したんだろうね。はい。これが俺の感想です。おしまい」

「へえ、すごいじゃないか」

利根宗介が拍手をした。

「よくまとめたよ。偉いぞ平蔵、短期間で。さ、早く支度に帰りなよ」

ユリエも木嶋さんも美貴子も女性陣は皆、早口の雄弁にほとんどついていけなかった。佐伯蓮は黙っていて、どう思ったのかわからなかった。ただ利根宗介の言葉に皆が気づいて、川田平蔵を促した。美貴子は、川田平蔵の読解力を見直していた。大学を辞めてしまうのはもったいない。本人は明るく振る舞っているけれど、かなり悩んでいるのだろうと思う。

「それじゃ、みんな、せっかくの読書会だから、しっかり続けてくださいね。佐伯君、お願いするよ。利根、後で連絡するから」

「川田くん気をつけて。お父さんをお大事に。そして必ず戻ってきて」

「お父さんお大事にねー、せっかく帰るんだから親孝行してね」

「早く帰ってこいよ。待ってるからなー」

集まってまだ飲み物の注文もしていないうちに、川田平蔵は、そそくさと〈高田牧舎〉を出て行ってしまった。それでも、川田平蔵が『共同幻想論』の感想を述べたことは、彼の責任感と勉学への誠実さを示してくれて、川田平蔵という同級生をただの太鼓持ちではなく、自分たちの友人として鮮やかに印象付けた。気遣いの男なのだった。だからみな、川田平蔵の境遇に表面的ではなく心から同情しながら送り出した。

残された五人で読書会をすることは可能だったが、肝心の言い出しっぺが抜けてしまい、皆、のっけからすっぽかされたような、心にぽっかり穴が開いたようになった。川田平蔵と入れ違いのようにして、ウェイトレスが注文を取りにきた。考えてみれば、川田平蔵が長く話していたのだから、もっと早く注文を取りにきてもよいのだ。ずいぶん遅いタイミングだった。ウェイトレスは、ひとりひとり、水の入ったコップを置いていく。美貴子の前のコップの下半分の透明な水が、ほんのりと紅色に染まっていた。コップを持つ手の爪が緋色なのだった。あっと思って、美貴子はウェイトレスの顔を見た。やはり佐伯蓮の隣にいた彼女だ。なぜ？

「みなさん、何になさいますか？」

「あなた、あのサルトルの授業に出ていた人でしょう、佐伯くんと一緒に。どうしてここにいるの？」

率直で大胆なのは、ユリエの特許みたいなものだ。

「バイトしてるの」

平然とした声も声なら、突き放した目つきに自信があって、美貴子はマジマジと彼女の顔を見てしまった。視線が交差して火花が散ったと感じたのは、美貴子だけかもしれなかった。エプロンをつけた従業員に、緋色の爪は似合わなかった。注文は後回しになった。

「でもどうして、どうしてウェイトレスなのかしら？」

ユリエは執拗だ。

「それは、ここバイト代が他よりいいからよ。ちょっとお金を貯めなきゃいけなくてね」

美貴子には、佐伯蓮とフランス旅行へ行くための費用を貯めているのだとわかる。美貴子は、佐伯蓮を見られなかった。彼女の細面の顔に印象的な大きな目が、強い決意を秘めているように見えたからだ。けれども美貴子は意外と平気だった。フランス旅行は断ってしまったが、どこか佐伯蓮と並んで歩いている気がするのだ。教室で見た時は大人びた女の匂いを発散させている印象だった彼女は、いまはしたたかでしっかりした女子学生の、美貴子にとっては手強いライバルにはまちがいなかったが。

「この頃休講続きじゃない。これからもっと休講になるらしいから、ここでバイトしてても、大学の方は何とかなりそうだから」

「それに、佐伯君が君の分をフォローしてくれるんだろう」

そんなことをわざわざ言わなくてもいいでしょと、美貴子は利根宗介を睨みつけた。

「いいですね、友達がいるのって。でも、私だったら多少お金が少なくても、ウェイトレスはやりませんけどね」

木嶋さんは、どういう神経をしているのだろう、しかし美貴子はこの発言で少し溜飲を下げた。佐伯蓮と彼女が目配せした。

「おい、みんなとにかく注文しようぜ。さっきからずっと座っているだけだから彼女に迷惑がかかる。僕、コーヒー」

佐伯蓮は、如才ない。

「蓮、後でゆっくりね」

「ああ、後で」

阿吽の呼吸だった。美貴子は、瞬間、二人の仲の進み具合に打ちのめされた。わかっていても、こういう行為を目の前で示されるのは、辛い。ユリエがほらね、と美貴子に合図してきた。美貴子は、ユリエに中庭での内ゲバ事件の時の佐伯蓮との出来事を一言も話していなかった。だから、美貴子の気持ちがこれほど佐伯蓮に傾斜してしまったのを、ユリエは知る由もない。めいめい、佐伯蓮に続いて飲み物を注文した。彼女がメモをとりながら、去ろう

としたその瞬間、

「葛原さんじゃないか」

向こうの教授らしき一団の席から、平川誠司が現れた。美貴子は、驚くより困惑してしまった。

平川誠司に挨拶をすべく、とにかく美貴子は席を立った。同級生たちが、美貴子と平川誠司を見つめているのを背に感じる。美貴子は佐伯蓮の視線だけが気になる。見ているだろうか、それとも目を逸らしているのだろうか。ウェイトレスのバイトをしている彼女も、興味津々かもしれないが、どうでもよい。

「お久しぶりです。平川さん、どうしてここにいらっしゃるのですか」

「それはこっちのセリフだよ。君こそ、どうしてここに？」

美貴子は立ったまま、クラスの読書会だと説明した。美貴子は佐伯蓮の方をちらと見る。佐伯蓮は知らぬふりをして下を向いていた。「ちょっと」と平川に引きずられるようにして、美貴子はそのまま出口の方へと歩いていった。ここならみんなと少し離れているし、レストランの騒々しい声も小さくなる。平川は美貴子に尋ねた。

「田コロ以来だね。最近全然コートに出てこないけど、どうしたのかなって、心配してたんだ」

「あの時は、本当にありがとうございました。実は私、サークルを辞めたんです。その後は誰とも連絡とっていません」

「それ本当なの？　でもどうして？　どうして辞めたの？　葛原さんは、テニスの練習に打ち込み始めたと思っていたけど。みんなともうまくやっていたでしょう。それに、あの新入生の草取りの時も、皆に率先してよくやってくれたよね。鎌まで持ってきてくれて。もしかして加藤さんと何かあったの？」

「いいえ、そんなことじゃありません。練習は楽しかったですし、皆さん、いい人たちばかりで」

「それじゃ、なぜ？」

「いいえ、べつに何もないんです。ただ、文学部が忙しくなっただけです」

「だけど、文学部は休講続きだって聞いてるよ」

「ええそうです・・・でも、色々とあって。本当にごめんなさい。急で。お世話になっておきながら、何も言わないで辞めてしまって」

「なんか僕、君を責めているような言い方をしているよね、ごめん。あんまりびっくりしちゃったからさ。辞めたなんて言うから。まあいいよ。事情があるんだろうから。おいおい話してくれれば」

「事情というほどのことはないのですけど・・・。ここでこれから読書会をやろうとしていたのです。文学部では必要なのです」

「そうか、読書会ね。勉強熱心なんだね、葛原さん」

「いいえ、むしろその反対です。私なんか同級生に全然追いついていないんです。だからこれから少しでも多く読みたくて。でも平川さんは、こんな教授の溜まり場になっているレストランに、よくいらっしゃるのですか？」

「僕はね、教授に誘われて、〈牧舎〉には実は初めてきたのよ。教授はね、僕の書いた論文が筋がいいから上へ来ないかっていうんだ。大学院へ行くかもしれないんだ。でも返事は保留。大問題だから。じゃまたね、今度連絡するよ。読書会をやっていてもテニスぐらいはできるでしょう、もっと気楽に考えたら。もしコートへ来られなかったら、どこかで食事でもしない？」

「ええ？　はい」

平川誠司の育ちの良さをストレートに感じていた。いい人だなあと思う。こんなに単刀直入に誘われたら、誰だってはいと返事をしないわけにはいかない。それに、やはり平川誠司は女性にモテるという自信があるのだろう。

「じゃ、また」

席へ戻ってみると、みんなはコーヒーや紅茶を飲みながら、今後の読書会をどうするかを話し合っていた。誰も平川誠司のことをとくべつ美貴子に聞こうとしなかった。こういう時、茶々を入れて大袈裟にからかう川田平蔵がいなくて助かったと思う。利根宗介は木嶋さんと話し込んでいた。ユリエだけが小声で言った。「なかなかのハンサムじゃない。あの人、テニスサークル？　後で聞かせて」

美貴子は、佐伯蓮を平川誠司と比べて考えようとは思わなかった。ただユリエに言われてみると、無風の心に、微風ぐらいは吹く。佐伯蓮を好きだと思う気持ちに変わりはないが、佐伯蓮は、あの赤い爪の女子学生と一緒にフランスへ旅に出てしまう。これは、若い男女にとって決定的なことではないか。美貴子は、簡単に考えすぎていはしまいか。佐伯蓮は、一体自分のことをどう考えているのだろうか。あれ一回きりの偶然の出来事だったのだろうか？　初めて中庭で会った日以来、教室で一緒に学ぶ佐伯蓮に対する、美貴子の一方的な片想いなのだろうか？　それとも、もしかしてあっちも好意を持っていたのに、美貴子のつれない言葉でチャンスを逃して、実る前に潰れてしまった恋みたいなものなのか？　平川誠司のようなハンサムボーイに好意を寄せられているとしたら、自分としては彼と付き合う方が相応しいのではないのか？

「やはり、そうだな・・・。みんなが一人一人感想を言い合って、それを佐伯君にまとめてもらうしかないと思うんだけど」

利根宗介が発言していた。

「私もそう思います。私も一生懸命読んできましたけれど、やはり佐伯さんの解説を伺いたいです」

「いや木嶋さん、解説って言われても。吉本隆明の専門家じゃないし」

そろそろ佳境に入っていた。読まれる小説が決定する。佐伯蓮は、遠慮していた。

「いいじゃないか、遠慮するなよ。君が吉本隆明や丸山真男を僕らより知っているのは、みんな認めているんだからさ」

「ほんとうに『共同幻想論』をやるのかい？　葛原さんは、どう？」

佐伯蓮に聞かれた。美貴子は、大きく息を吸い込んで答えた。

「どの本でもいいです、私は。今までみんなが挙げたどの本とも全く縁がなかったのだから。つまり、私は白紙状態なの。恥ずかしいけれど、読んでいないからどれでも同じなのです。だいたい、みんなも察しているでしょう、私、みんなが議論している間、全く発言しなかった。とにかくどの本が選ばれても、興味だけはとてもあるから、私は一生懸命読むだけだわ。以上」

「葛原さんの、その正直なところがいい。素直だね。きっと誰よりも深く読めるよ。よーし、それじゃ吉本隆明の『共同幻想論』に決めましょうか。みんな、いいですね」

「はーい」

「賛成」

「仕方がないわね」

佐伯蓮が、真っ正面から美貴子を見つめていた。涼やかな目が、美貴子には、「僕についてくるね」と言っているように思えた。やはり私はこの人と共にいたい。

読書会の本は『共同幻想論』に決まった。

十七

読書会から数日経った夜、ユリエから電話がかかってきた。どうしても話したいことがあるという。翌日、茶房でユリエと会う約束をした。

翌日は、あいにく大雨だった。もうすぐ梅雨が明けるというときにかならず東京で見られる大雨の降る時期にあたっていた。『茶房』の暖炉の前の席で、ユリエは、コーヒーをするばかりで、自分で呼び出したのになかなか話し出さない。「食欲が無くて」というユリエは、一昨日授業で会ったばかりなのに一日で人が変わったように窶れて見えた。出会った時からランの花のように華やかで上品で、知性に溢れて自信に満ちた、美貴子にとっては憧れの友である。と同時に、猪突猛進なところもあり、大胆で危なっかしいから、守ってあげたくなる女子学生である勘解由小路ユリエなのである。それが、今日はしおれて茶色に変色したランか、落ちて形を崩した椿か、あるいはジステンパーに罹った子犬のようだった。やっと、口を開いたユリエは言った。

「彼と別れたの」

なるほど、さすがのユリエも萎れるはずだ。ユリエの話によると、彼が、「ユリエの卒業後すぐに結婚したいから今婚約しよう」と言ってきたという。ユリエには、フランス留学という譲れない夢がある。まだ行くには一年以上あったが、彼はユリエの夢が二人の関係を危うくするのに勘づいて、卒業後すぐの結婚を持ち出して、今婚約することでユリエの留学を思い止まらせようとしたらしい。一旦フランスへ行ったら二年間戻らない。四年生として帰国後、ユリエは休学していた二年間を算入して、卒業するのだが、二年間も会えないというのは、相手にとっては、女性側の心に大きな変化もあるかもしれず、男性としての自分の心にも自信がもてなくなるのかもしれない。

「そりゃ、彼の気持ちはもっともだと思うわよ。彼は、商社マンで早く家庭を持った方が上司の受けもいいという環境にあるから。それにあちらのご両親も、私たちの交際が長引いているのを心配していらしたから。もう四年目に入っているし。婚約は彼にとっては必然の流れだったと思う」

「婚約だけならしてもいいんじゃないの？　フランスへ行っても必ず二年後には帰ってくるんでしょ」

「そんなこと、私に出来ると思う？　相手を二年間も拘束するのよ」

「二年間ぐらい待ってくれるでしょう」

「二年間って、長いのよ。それに帰国しても私が大学を卒業するまでは結婚はできないと思うし。でもね、問題は私の気持ちなの。私がその二年フランスに行って、全く変わらずに彼との思いを継続できるのか、自分に正直に問うてみたの。そうしたらそれは難しいかもしれないって、良心の声が囁くの」

好きなら、どこにいたって二年間離れていたって思いを貫き通せるでしょう、というような常識的なアドバイスなど、とても通用しないと思った。ユリエは融通が効かないというより、自分に誠実だ。この三年半の交際期間中、しばしばぶつかり合っていた話題らしい。一緒にいて心地いい、ストレスを感じさせない、自然体でいられるベストパートナーだという。それなのに、うまくいかないのだ。

「私は自分の夢を追いかけて、フランスに行くの。でも彼は、ただ待っているだけなのよね。それも彼にとっては、青春の最も大事な時期を私と過ごしてきて、他の女性だっているはずなのに、さらに貴重な二年間を私のために無為に過ごさせて、犠牲にしろって、そんなこと言えると思う？」

「だけど、彼は貴女が好きなんでしょ？」

「だからこそよ。私だって彼に負けないくらい彼が好きよ。でも私は、自分というものを粗末にできないように、相手に誠実でありたいのよ。だってそうでしょ。彼だって、自己実現しない妥協する私なんか、好きではないはずよ」

美貴子はうなずきながら、自己に正直であると恋人と衝突してしまうのだろうか、自我が強い同士の恋愛は成り立たないのだろうかと、自分なりに考えてみようとは思うが、やはりわからなかった。ユリエは続けた。

「フランス留学の夢は、私の中学時代から暖めてきた大切な夢なのよ。彼は、表面上は理解を示してくれていたのね。でも本音はやっぱり違ったわ。私の夢は、自分が自分になるために、どうしても捨てられない。彼と別れるか、自分の夢を優先させるか、どっちかを選べって言われたら、やっぱり私は自分の夢に忠実でありたかった。だってそうでしょう？　フランスへ行ってみないことには自分自身に成れないとしたら、そう考え続けているとしたら、どうしてそれを捨てる事を選択するの？」

美貴子は、黙っていた。

「だから決断するしかなかったのよね。あの人とのこの三年半、ふたりで築いてきた思い出を胸に抱いて、それをフランスに持っていけばいいからって、自分を慰めたわ。仕方がないのよ、これは。あーあ、ルビコン川を渡っちゃったんだわ、私」

美貴子には何も言葉を挟む余地がなかった。ただ一生懸命聞くだけだった。青春って、辛いものだなあと思うしかない。

「二人で皇居まで歩いて行ったの。笑わないでね、なぜ皇居なのかって。きっと私たち二人とも学習院だからかしら。それでね、あの広い外庭の松の木の前を歩いていたら、夕陽が私たちを真っ赤に染め上げたのよね。綺麗だった」

「泣いちゃったのね」

美貴子には、ふたりの様子が目に浮かんだ。

「彼ね、〈体にだけは気をつけて。絶対に無事に日本に帰ってこいよ〉って言ってくれたのよ。これが最後の言葉になっちゃった、結局ね。だって私ったら、こういう決め台詞みたいなの、苦手じゃない。だから言ってしまったの。

〈貴方より三歳若いんですからね、どうぞお気遣いなく。それより貴方の方こそ、どうぞお幸せなご家庭をお築きください〉って」

美貴子は、一瞬、ユリエを睨みつけたかもしれない。

「わかってる。そんなふうに私を見ないで。すごく後悔したんだから。彼が黙って後ろをくるっと向いて、それっきり行ってしまったんですもの」

ユリエの高飛車な物言いは、いかにも彼女らしい。最後まで誇り高い自我を崩さず、愛する人の誠実な言葉を十二分にわかっていても、それを正面からストレートには受け取れず、茶化して皮肉めいて言う事しかできない照れ。そびえる自尊心。ユリエは、自分の言葉で自身が傷ついていたはずだ。もしかしたら彼女の憎悪する勘解由小路家という貴族のそれが血なのだろうか？

「大丈夫よ。貴女のその皮肉な口の利き方の裏にある悲しみは、十分彼にはわかっていると思うわ。貴女は、泣き崩れるとか、修羅場みたいなのは、舌噛み切って死んでしまいたいぐらい嫌いなんですものね。そういう言い方でしか、相手に愛情を伝えられないのはどれだけ苦しかったか。私にはわかるわ」

ユリエの目が大粒の涙でみるみる潤んでしまった。じっとその目が美貴子を見つめていた。コーヒー茶碗の横にこぼれそうだ。この人は、どれだけ涙を流しただろう。

十八

一ヶ月後、美貴子はユリエを羽田へ見送りに来ていた。大学がそろそろ夏休みへ入ろうとする寸前だった。当初の留学予定では二年生の夏休みから二年間だったのを、ユリエは一年早めたのだ。彼とあんなふうに別れた以上、もはや日本には未練はないと思い切ったような唐突さだった。それにしても、せっかく親友になれたのに、美貴子は半年も経たたないうちにユリエを見送ることになってしまった。

「凝縮した時間だったわ、貴女のおかげで」

「ユリエ、それを言うのは私の方よ。こんなに早く貴女がフランスへ行く決心をするなんて思ってもみなかった」

「もうそれを言わないで。たくさん手紙を書くわ。貴女とは向こうへ行っても、ずーっと変わらない」

「私ね、貴女にまだまだ教えてもらいたいことが山のようにあったのよ。特にこれから読書会をするでしょう。貴女の感想や意見をたっぷり聞きたかった。ほんとに残念。つまらなくなってしまうわ」

「大したことないわよ、私の意見なんて。佐伯蓮がきっと深い解釈をするでしょうね」

「お父様やお母様も寂しくなるわね、貴女ひとりっ子だから」

「仕方がないと思ってるわ、きっと。でもさすがに両親と別れるのは、ちょっと辛かったわ。わずか二年なのにね」

「親不孝な女の子だね、貴女って。ああ、それにしても長いなあ、二年か。どうなってるでしょうね、文学部」

「うーん、暗雲垂れ込めてるからね。嵐にならなければいいけど。向こうで祈ってるわ」

「ええ、お願い」

「あのね、美貴子」

「なに?」

「あの平川さんという方も好青年だと思うけど。でもね、あなた、佐伯蓮と合うと思うわ」

「えっ?」

「じゃあね、もう行かなくちゃ。元気で」

「元気でね。うんと楽しんで来て、フランスを」

「ええ。じゃ、さよなら」

「さよなら」

十九

美貴子は、借りていた本を図書館へ返すために、スロープを歩いていた。

夏休みに入っても、タテカンは相変わらずのさばるように立てかけられていたが、ヘルメットを被った学生達もさすがに夏休みのせいか、一人もいなかった。休み中の文学部校内は閑散としていた。平常の授業でも休講続きだったが、それでも学期の間は、それなりの活動があった。それが夏休みに入ると、いつもなら地下室で練習しているトランペットの音も聞こえず、トランポリンの上を跳んでいる女子学生たちの姿も見えない。目を瞑ると、都会の大学なのにまるで砂漠の直っ只中に取り残されているような気がした。また目を開けてみると、スロープのアスファルトに反射する光の輪の中で、美貴子一人が佇んでいる。ユリエがいないと、文学部のスロープは三倍くらい広く感じられた。相性のいい親友との会話は、つまらない景色が垂涎の観光地にもなるし、なんでもない空間を名優が演じる熱気のある舞台に変えてくれる。ユリエは美貴子お付きの手品師、魔法使いにして女王様のようだった。

思えばユリエは、最初のオリエンテーションの日から親友になったスペシャルな存在だった。スロープ上に降り注ぐ夏の光が、美貴子の淋しさをいっそう強烈にする。

佐伯蓮は、夏休みに入ると同時に彼女とフランスへ旅立っていった。地元に帰った川田平蔵からはその後、何の音沙汰もない。木嶋圭子さんも故郷に戻ってしまって見かけなくなり、利根宗介は大体どこにいるのか、中間試験も受けていなかった。

美貴子は図書館を出ると、たった一人ぽっちになってしまったような気がして、この大学に来て初めて淋しさを感じた。そのまま帰りたくなかった。思い出したように穴八幡神宮へと足が向いていた。人はまばらで、境内はひっそりしていた。こんもりとした樹木には勢いのよい葉が生い茂っている。黒い唐破風が夏の陽射しを照り返して、暑さが増した。参詣客の少ない穴八幡神宮の脇の階段を降りて行き、鳥居を出る途上の木陰にベンチを見つけて座る。読書には快適そうな場所だった。バッグから『文化防衛論』を取り出した。この読書会で取り上げられる小説を、美貴子は家で一読していたが、バッグに入れて持ち歩いていた。

読書会は、川田平蔵が急に実家へ帰ってしまい、ユリエがフランスへ行ってしまうと、なんとなく拍子抜けしてしまった。わずか六人の読書会で急遽二人が抜けたのだ。残りの四人でもさっさと始めればよかったが、佐伯蓮までいなくなると、読書会は完全に宙に浮いた。

美貴子はがっかりしたが、読書会と無関係に本を読み始めた。ボヤボヤしてはいられなかった。ユリエや佐伯蓮が居なくなってしまって話し相手を失い、置いてきぼりになってしまったが、かえって遠くに離れていることが、美貴子にとっては落ち着けた。夏休みは図書館へ行くより自宅へこもって本を読んだ。頓挫した読書会で挙がった本に次々に挑戦していった。

まず最初に、三島由紀夫の『英霊の聲』と『文化防衛論』を続けて読んだ。三島由紀夫とはこういう人だったのか、と目から鱗だった。

美貴子はメモ風な感想を記した。

〈世間でいう右翼というのとは質が違うと確信。昭和天皇を一人の人物として敬意を払っても、それとは別に、天皇個人ではない天皇制の元に日本の歴史を総覧し、三島由紀夫の拠って立つところと定めた日本文化論。これほど天皇制に愛着し崇敬の念を持って日本を考える見方は、東大全共闘が批判し揶揄するレベルではないと思った〉

わかったような、わからないような感想を記して、よしとした。後で佐伯蓮や専門と言っている利根宗介に意見を聞けばいいだろう。次に吉本隆明の『共同幻想論』に取り掛かる。

ひとりで読書会をやっていた。

〈テーマの「共同幻想」より、吉本隆明が開陳した『古事記』解釈の方にはるかに興味を引かれた。〉

感想は、自己流もいいところ。それでも、いつか読書会が行われた時を想定して丁寧に綴ってみた。

〈イザナギが黄泉の国に妻のイザナミを訪ねたあと、なぜ穢れを流し落とさなければならないのか、変ではないかと思う。死の不浄を流し落とすというが、愛する妻が死んだことを理解していてそれでもなお忘れられずに黄泉の国までわざわざ会いに行ったのに、つまり死んで不浄なことはわかっていたはずなのに、まるで妻が病気の毒をばら撒く元凶か何かのようにみなして、黴菌を徹底的に殺菌消毒しようと洗い流すのは変ではないか。ここに男の身勝手を感じる〉

男の身勝手を『古事記』で指摘しているのが変だという。こんな読み方をしていいものかどうか、天下の吉本隆明に失礼である。こんな滅茶苦茶な解釈は佐伯蓮ならきっと笑う。まあ訂正してもらえばいいのだ、とにかく初心者の感想なのだと、美貴子はたかを括った。

〈もしイザナギがイザナミを心の底から愛していたなら、死者の腐敗を前にして、逃げ出し、身を清めるのまでは生理的嫌悪としても、不浄から逃れるためにもありうるとしても、その想い出までも綺麗さっぱり忘れようとすることは、信じ難い。不浄と決めつけてサッサと妻を切り捨ててしまうイザナギは、イザナミをそんなに深くは愛してはいなかったのではないだろうか。和泉式部の墓に纏わりついてまで愛する人に執着した定家葛のことを考えていた。亡き和泉式部を恋い慕って、お墓にまで絡みつく定家の魂。執念、妄想と言われようとも、これこそ愛する人への真心というものではないだろうか。イザナギにはそこまでの真心がない。どうもイザナギ・イザナミの『古事記』のお話は、男性優位の皇統の政治と結びついている。そうかつまり、『古事記』は政治的意図の元に編纂されたのだ〉
こう結論づけた美貴子は、部屋の中でひとりで笑っていた。まるで佐伯蓮のつれなさを、イザナギに託して書き殴っているような気がした。つまり、赤い爪の彼女を連れてフランスへ行ってしまったことへの嫉妬だ。アホらしくなった。自分の理性はどうなっているのだろう？

〈皇室は天照大神という女神に発するのに、男性優位の思想が入り込んでいて、なるほど、こういう国家の企画する書物というのは、いろいろな思惑で多くの人々の合作なのではないかと胡散臭い。政治上の思惑が重なって生み出されたと思っていい〉

美貴子は考えた。

〈政治上の画策。革マルがなんの抵抗もなく使っている「国家」という言葉は、そう単純ではない。三島由紀夫の国家観にしても、吉本隆明の共同幻想にしても、国家の成り立ちをマルクスやレーニンのいう国家論だけに依る図式化だけは、短絡的、一方向的で、それこそ人々の国への思いを、暴力的に踏み潰している感を免れない〉

やはり、嫌だ、革マルは断固反対だ。美貴子の思いはけっきょくそこへ落ちていった。

美貴子の夏休みは、表面上は何もなく過ぎていった。

二十

二学期が始まった。久しぶりに文学部のスロープを登っていた。夏休みの間、どういうふうに学生闘争が行われていたのか、目を凝らせば不穏な動きの進展具合に気付いたかもしれないが、美貴子は、タテカンやヘルメットのお兄さん達に懐かしさを感じるほど、この文学部の風景に慣れてしまっていた。

語学の必須授業で、二ヶ月ぶりに佐伯蓮に会った。

佐伯蓮の顔は以前より引き締まった印象で、美貴子は、新鮮に感じた。

「お久しぶりね。お帰りなさい、フランス楽しかった?」

「それは、一言では言えないでしょう」

佐伯蓮の朗々とした声は、以前のままだった。笑い方も同じで安心した。

「でも彼女がマニキュア落としを忘れたっていうんでね、パリで探しに駆け回ったんだよ。あれは疲れたなあ」

いかにも現実的な土産話が、真っ先に出た。

「あーら、それはごくろうさま」

最初からなぜ彼女の話なんかするのだろうと、不愉快になりながら、美貴子は嫉妬で苦しくなるのを、精一杯笑って見せた。夜寝る前に、あの緋色の爪をいちいち綺麗に落とすのはさぞ手間がかかるだろうと、想像する。

元々佐伯蓮は雄弁だが、もう切れ目がなかった。美貴子は、耳をすましているだけでパノラマを見ているように楽しかった。シャンゼリゼのマロニエの並木道や、ノートルダムを遠景に見るルーブル美術館前のセーヌにかかる橋や、アンヴァリッドへかかるアレクサンドル橋の夕陽に照らされる黄金の銅像群や、ユトリロが愛したモンマルトル界隈や、ソルボンヌのある学生街のサン・ジェルマン大通りや、貴族の館やコンコルド広場やバルザックの家のある高級住宅街一六区の雰囲気。次々と展開されるパリの風景。でも佐伯蓮の傍にはいつも彼女がいるのだ。二人の新婚旅行の話を聞かされているのだと気づいて、

「聞かせてくれてありがとう。ほんとうに素晴らしいフランス旅行だったのね。よかったわね」

と言って、美貴子は、佐伯蓮から離れた。

「あれ？　まだ続きがあるんだけど」

二十一

川田平蔵は、二学期になってもやはり教室に姿を見せなかった。そのまま退学するのかもしれない、という噂が立っていた。授業は一学期よりはるかに減っていた。休講、休講、と事務室の前に立て続けに貼り出される。それがどうしてなのか、原因についてどうのこうのと、あえて問いただすような学生たちはもはやいなくなっている。美貴子にとっては、最も楽しみにしていたサルトルの授業が休講となり、いつ再開されるのかわからなかった。授業がかろうじてあったのは、一年生必修の英語と仏語の文法と作文の授業だけで、それも時々休講になった。大学へ来るのは、もう徒労のように感じられた。

夏休みにいちどだけ平川誠司に誘われて、二人で会った。美貴子の将来の夢を聞いてくれた平川誠司との会話は、ポツンポツンと話題が入れ替わり立ち替わり、具合よく挟まれて快かった。テニスの話はあまりしなかった。平川誠司も自らの将来の話をした。あの〈高田牧舎〉に行ったとき、教授に誘われた大学院進学だったが、就職と二股にかけていたので、まだ迷っているということだった。その後、平川誠司から連絡を取ってくることは二度となかった。たぶん平川誠司自身が忙しい日々を送っているのだろう。平川誠司が美貴子に寄せてくれた淡い好意のようなものは、いかにもテニスサークルの爽やかな緑の風だった。しかし美貴子はこの風はどんなに心地良くても、大切にしたい宝物のようには思えなかった。

美貴子は、少し早いとは思ったが、卒業論文を視野に入れ始めていた。夏休みに引き続いて、秋の夜長を腰を据えて読書に勤しんでいると、自然に卒論のテーマが決まった。美貴子はなんの迷いもなく、入学してほぼすぐに手にとったカミュの『ペスト』を、卒論に決めた。そこで、原文で読まねばと思い、『ペスト』を、翻訳を参照しながらフランス語で読み始めた。四苦八苦しながらとうとう読み終えることができた頃には、もう初冬に入っていた。美貴子は、大学の授業がポツンポツンとしか行われなくなっていたので、自分の力でフランス語原文を読み通せてほっとしたし、知的な喜びに浸れた。こんなことはとっくに通り過ぎているユリエや佐伯蓮に、少しだけ近づけた気がした。

カミュといえば、『異邦人』があまりにも有名だが、美貴子は、『異邦人』は好きではない。美貴子がカミュを優れた作家だと認め、是非この人を調べてみたいと思ったのは、『ペスト』という小説によってだ。『ペスト』というのは、この死病の感染症に犯された街で、人々が連帯して感染症と闘う人間の高貴を描いた小説である。

主人公の医師を取り巻く、記者、裁判官、宗教家、自殺未遂者、そして作家などそれらの人物たちの、死病、〈ペスト〉への格闘ぶりが懇切丁寧に綴られていく。死の淵へとギリギリまで追い詰められた人間の在り方というもの、その行動を丹念に描いて、人間の高貴とはどのようなものかを深く掘り下げて書いた小説だった。人間とは本来孤独な生きものだと見極めた上で、互いの連帯の必要を高らかに主張する。主要な登場人物たちそれぞれが、印象深かった。

特に、主人公医師のリュウーの、強い意志と生き様がまずこの小説の大きな魅力になっている。感染症の最前線に立ち、患者を診るという自己の義務を忠実に果たし、全力を尽くしながら、死に直面しても人類愛を決して失わず、人間の尊厳を大切にする。とくに神父パヌルーが「自分には理解できないことでも、神の作った世界を愛さなければいけない」と言うのに対して、リュウーが、「子供たちが苦しめられるように創造された世界を愛するなんて、私は死んでも拒否します」と言って、宗教の抽象を拒否するところは、実存主義の旗頭としてのカミュの真骨頂だと思う。ドストエフスキーの『カラマーゾフの兄弟』のイワンやアリョーシャの思想も彷彿とさせた。ドストエフスキーのいう、キリスト教の神の死後の人類愛の考え方を、カミュはもっと地に足のついた一般市民の目線で積極的に推し進めたのではないだろうか。佐伯蓮と美貴子がたった一度だけ会話をした時、ドストエフスキーの言葉を借りて、同じようなことを言ったら、佐伯蓮も同意したっけ。

しかし、美貴子が最も魅力を感じた人物は、リュウーの親友のタルーだ。タルーは、検事の父親に愛されて幸福な幼年時代を送ってきたが、父の求刑する裁判を目撃することで、死刑宣告は殺人なのだと直感し、父を捨て、愛する家庭を捨てて、放浪の旅へと立つ人物だ。

まるでブッダのように。カミュはキリスト教の神ではなく、仏教の世界観に人類救済の象徴を見ていたとも考えられる。そもそも〈連帯〉という考えは人々の横のつながりだが、何か〈輪廻〉という縦のつながりさえ想起させるほど、タルーは絶対神を見限って、愛の範囲を宇宙規模に拡げているのだ。誰もこんな読み方はしないだろうが、これは卒論のテーマに充分なり得ると思った。

小説の最後、ペストが終息して人々が感染症からの脅威から遂に脱却し、街全体が生き返り始める頃、リュウーとタルーの二人は友情を確かめるため、暗い海へと泳ぎに出る。そこのシーンのなんと美しいことか。強い友情の絆が感染症を克服すると、これほど崇高な新しい世界が拓けるのだ。人類の暗い現代を泳ぎ切る連帯の何と力強いことか。

カミュは、sympa〈共感〉という言葉を用いている。

フランスにいる勘解由小路ユリエ、同じ教室にいても遠い存在の佐伯蓮。美貴子は、二人と、そして故郷に戻った川田平蔵と、何をやっているのかわからないが美貴子にあえて忠告してくれた利根宗介と、秘めた強さを持った木嶋圭子と、みんなに〈共感〉を感じた。

革マルの横暴に対峙し、文学部を覆った黒い雲を超克できるのは、みんなとの〈連帯〉以外にないのではないかと『ペスト』を二度、三度と読むうちに思えてきた。その〈連帯〉を皆が持つには、中心人物がいなくてはならない。強い信念を持ち、淡々と自己の義務に忠実で、人類愛に燃える人物が。医師リュウーのような。そして彼を支えるタルーもまた。

誰なのだろう？　この文学部に待望のそういう人物とは。そういう人物がじっさい現れて、わたしたちの大学は、平和な日常を取り戻せるのだろうか？

二十二

木枯らしが吹くスロープを歩くとき、美貴子はコートの襟を立てることが多くなった。

中庭奥の事務室の前の掲示板に二学期後半の授業の休講を確かめるために、見にきたとき、木嶋圭子さんに後ろから声をかけられた。木嶋さんに会うのは、久しぶりだった。同じクラスでも学生たちは授業がないと、バラバラになってしまう。

どちらからともなく誘い、ふたりで三十一号館地下にある学食へ行った。座る位置によって大きな窓から左にスロープが見え、右に記念会堂が大きく視野を塞いでいる。入学したての頃は、記念会堂とスロープの間のだだっ広い空間で、トランポリンやバトン練習をしている女子学生たちがいたし、ヨガのように体を拗らせて筋肉トレーニングに励む学生たちが躍動していた。美貴子はユリエと一緒に学食内から、その様子を天井から続いている大きな窓を通して見ながら食事をしていたものだ。木枯らしが吹く季節になって、もうそんな景色はなくなった。ただ気温が低くて寒いから外で活動しないだけの理由ではなかった。

美貴子は、スロープの見える席の前にトレイをおいてイスを引き、木嶋圭子も美貴子の前に、トレイを置いて美貴子と向かい合って座った。学食内では、いつもは学生たちのにぎやかな声が響くが、最近学生の数がぐんと減った学食は、大きな声を出さないと二人の声がかき消されるということはなくなっていた。

美貴子がこんなふうに、木嶋圭子と二人で面と向かって話すのは初めてだ。大学構内では勘解由小路ユリエと美貴子が二人で周囲に壁を作るかのように教室から教室を移動していたから、他の同級生たちはふたりに話しかける程度で、仲に割って入る人はめったにいない。木嶋圭子もそうで、距離をとって付き合っていた。木嶋圭子はそれでも六人だけの読書会のメンバーである。

「勘解由小路さん、フランスへ行ってしまいましたね。葛原さん、あんなに仲が良かったから、寂しいでしょう」

「ええ、とっても。なんだか違う大学に来ているような気がするぐらいなんです」

木嶋圭子が、です・ます調で話すので、つい美貴子もそうなる。

「そうでしょうね。私も淋しいですよ。だってあの川田平蔵くんも利根宗介くんもいなくなっちゃって、読書会は結局最初だけで流会ですもんね」

「そうそう。川田君の事情はわかっているけれど、利根君は、どうしたんでしょう?」

「利根君、大学の授業をもう見限っちゃったんじゃないですかね。もともと授業そのものに腰が引けてたし。何をやっているんだか。留年してもいいと思っているらしいですよ　最初は読書会をすごく楽しみにしていたみたいですけど」

「そうね。みんないなくなっちゃったわね、あっという間に。まるでこの大学を逃げていくようだわね。読書会がなくなったのは、本当に残念だった」

「私も、読書会は是非やって欲しかったです。でも、みんながいなくなっていくのは、たまたまですよ。みんなそれぞれの事情もあり、目的があるからで、革マルに支配されているから文学部を逃げようなんて思ったわけではないでしょう」

たしかに木嶋圭子の言うとおりだ。感傷的になりすぎてはいけない。木嶋圭子は、几帳面な箸の使い方をしていた。トレイに入っている揚げ物と煮物と生ものを、きちんと別々にして、美貴子のように食べているうちに混ぜこぜになってしまうというお行儀の悪い食べ方をしなかった。木嶋圭子の食事の仕方には、大切に食物をいただく、という日本のふるさとでしか、あまり見られなくなった家庭の在り方のようなものがあった。

「葛原さん、佐伯さんと親しいんですか？」

美貴子は、口に入れたシシトウの天麩羅が喉につかえそうになった。

「どうして？　いえ、そんなことはないですよ。だって、佐伯君は彼女とフランスに行ったじゃないですか、木嶋さんも知ってますよね。佐伯くんが親しいのは、あの人じゃないですか？」

「そうですか。私は葛原さんと佐伯さんは、特別な何かがあるんじゃないかと思っていましたけど」

ドキッとした。何をこの人は見ていたのだろう。

「でも、どちらでもいいんです。私が、あの人を尊敬する気持ちには変わりませんから」

「どういうふうに尊敬しているんですか？　木嶋さんは」

「それは、あの人はホンモノじゃないですか。葛原さんだってそう思うでしょう？　佐伯さんは、私たちより二年先輩だから尊敬しているというのではありません。あの人の半端じゃない深い知識は、行動と結びついているんですから。それに日比谷・東大だというのに謙虚でちっとも威張っていなくて、それに誰にでも優しい人です。あんな素敵な人は滅多にいませんよ」

美貴子にはわかる。この人は佐伯蓮が好きなのだ。こんなに良いところを認めて、心から褒めている。美貴子が感じていることをそのままストレートに表現すると、こんなふうになるなあと思う。

「そうですね」

相槌を打つが、こんなにストレートな表現は、美貴子には恥ずかしかった。木嶋さんの表現のしかたとは違うなあと思う。こういう表現はユリエと共通する都会育ちの女子校には照れてしまって出来ない。どうしても冷やかしてしまいたい虫が疼くのだ。いや、地方とか都会とか、そういう分け方では割り切れない、この人の性格なのかもしれない。

「でも、あれはないわよね。ドセンスじゃない佐伯君って。服装に少しは気を遣って欲しいもんだわ。だいたい小太りなんだから、ピチピチで傑作。よくああいう美人の女子学生を連れて歩けるもんだわ」

「そんな外面的なところは、どうでもいいじゃないですか。それに、そういう外見は、彼のカモフラージュだと思いますよ、私には」

「まあ、そうよね。カモフラージュですよね」

木嶋さんは、あくまで正面突破してくる。そういう底力がある。照れなどという気取りは、彼女の辞書にはない。美貴子はうっちゃられたまま、木嶋圭子の衒いのないセリフにどこか感嘆していた。もしこの人と佐伯蓮を争ったら敗けるのだろうな、などと余計なことを考えている。川田平蔵にも感じたことがあった。地方の人はそういう強さを持っている。都会生まれ、都会育ちには、ストレートにモノを言えない弱さがあるのだ。やはり地方と都会にはそれぞれの感性と表現の仕方がある気がする。でも佐伯蓮も都会人だ。美貴子の照れをわかってくれるはずだと思う。いや、双方照れてしまって、肝心なところにきたらきっとすれ違うかもしれない。

美貴子は少なくとも気まずい雰囲気を感じて、食事で紛らわそうとした。しばらくもぐもぐと口を動かしていた。

「葛原さん、どう思いますか？　私、自分の進路について佐伯さんに相談してみようかと思っているんですけど」

「えっ？　進路って、まだ一年だし、卒論のテーマということですか？」

「いえ、私、パスカルを読んでいて、自分の生きる道は、神様との対話でしかないと思うようになったのです。ずっと考え続けてですけど。それで修道院へ入ろうかと迷っているんです」

こんなセリフが、目の前の人から発せられた。テレビのドラマではない。修道院へ入るなどということが、現代のこの世の中で、真面目に言う人がいるのを、美貴子は信じられない。

「あの、いま、なんて仰ったの？　修道院、ですか？」

「ええ、私、ずっと毎日パスカルを読んでいます。それで宗教者として生きていきたいと思うようになって。もちろんまだ迷っているので、佐伯さんなら、適切なアドヴァイスがもらえそうな気がして」

「木嶋さん、あなた本気で言っているんですか？　佐伯君に相談する前に、ご両親には相談されたんですか？　簡単に修道院って仰るけど、世間を捨てるってことになるのでしょう？」

美貴子は、六年間のミッションスクールでの生活を知っていた。朝の礼拝と経験なクリスチャンの先生がたとの緩い縛りではあったが、それでもやはりキリスト者は、一般人の自由な生活とは一線を画している。

「両親には、自分で決断してから言います。弟や妹たちにも。これは自分の道ですから、両親といえども関係はありませんから。でもその前に佐伯さんなら・・・」

もしかしたら、この木嶋圭子さんは、美貴子の知る人々の中で最も清らかな信仰心を持つ人なのかもしれないと、思った。現代では稀な清らかな心を持ち続けている人。佐伯蓮や勘解由小路ユリエともまったく異なる。二人は少なくとも美貴子と同じ地平を歩いていた。それはもちろん何キロも先の方だが。でもこの木嶋圭子はすでに同じ平面の地上の道ではなく、もっとずっと上の空の方をすでに歩いているのではないか。どうしてこんなに清浄な精神の学生がいるのだろう？　美貴子はもはやお手上げという気持ちになり、正面に座っている木嶋圭子の後ろからマリア様の御光が差しているのではないかと思うほど、恐れ多い木嶋圭子の顔を見つめてしまった。木嶋圭子のこじんまりと纏まった十人並みの平凡とも言える地味な顔は、欲得を消し去って美しく輝いていた。世間と縁を切ることを苦にしないような、強い信仰を持った人の静かな境地を湛えている。目元にも口元にも寛容な優しさが溢れている。美貴子は、せいぜい化粧で誤魔化し、気取った言葉を並べて他人より少しでも良く見られたいと取り繕う。地方の人の持つ底力とか、佐伯蓮と女の魅力を争ったらとか、なんと低劣な想像をしただろう。恥ずかしかった。美貴子は、同じ年なのに、こんなに卓越した心境に達している相手に、敬意を込めて言った。

「佐伯君なら、きっと誠実なアドヴァイスをしてくれると思います。ぜひ相談してください。

ごめんなさい、私、何も言えなくて」

「いいえ、聞いてくださって、どうもありがとうございました」

あくまで木嶋圭子は、キリスト者の謙虚な態度を見せるのだ。美貴子は、どうしても知りたかった。

「でも、ひとつ聞かせてもらっていいですか？　木嶋さんは、この大学に入る前から、修道院を考えていらしたんですか？」

この瞬間、木嶋圭子は同じ歳の女子学生に戻った、笑顔を弾けさせた。

「とんでもない。そんなことぜんぜん、考えもしませんでした。たぶんあの革マルが文学部を占領していたせいかもしれません。革マルのひとたちって、それなりにすごい情熱があるじゃないですか」

「たしかに。それは否定しないわ。あれだけのことをやり続けるのは、やはり元のところは、情熱があるわよね。怠惰で無気力だったら、あんな事はできないわよね」

美貴子も冗談めかした。相手が修道女になると明言しても、同級生なのだった。

「私は、あの情熱に自分が対抗できるとしたら、なんなのかと考えていて、もちろん政治ではなく暴力反対の路線で、です。絶対です、それは。それで私なりに『共産党宣言』や、『我が解体』を読んだりして、まずは何を言っているのか理解しようとしました。ただそれと並行して、高校時代から関心のあった『パンセ』をずーっと読んでいたんです。それである時、ふと光のようなものがつかめて、教会に通いだしたんです」

なんて真面目な人なのだろう、なんという努力家なのだろう。

「それからですよ、修道院に入ろうかなと思ったのは。でももちろん、今もすごく迷っていますよ、ただ」

「ただ、なに?」

「私、暴力のない世界にどうしても行きたいなって、思うんです」


それから、木嶋圭子の姿は見えなくなった。休講続きのせいかもしれないが、おそらく彼女がたどり着いた決断を実行してしまったのだろう。

とてつもなく凄いことにちがいない。いまの世の中で修道院に入るのは。佐伯蓮に相談したのだろうか? その時、佐伯蓮はどうアドヴァイスしたのだろう? 『パンセ』を独りで深く読んで、真剣に新左翼の根本にある心情に向き合うことは木嶋さんのような敬虔な気持ちを持った学生であるなら、決して珍しいことではないのかもしれない。それにしても、と美貴子は思う。

革マルがどんなに憎くても、自分の将来を対革マルから出発して考えるだろうか。

美貴子にとって革マルの存在は、あくまで大学内での学生闘争の位置付けにすぎなかった。自分の将来を対峙させて考えることなど、ありえないのだ。美貴子は、木嶋圭子の生き方が、佐伯蓮の生き方と似ていると思った。「そんなこと今頃気づいたの？　僕をどう見ていたんだい！」と佐伯蓮から皮肉な叱責が実際飛んでくる気がして、虚を衝かれた気がした。

みんなこの文学部から去っていってしまう。「たまたま」と木嶋圭子は言っていたけれど、みな、この文学部の状況に見切りを付けているような気がする。元読書会のメンバーで、文学部でたまに顔を合わせるのは、とうとう美貴子と佐伯蓮だけになってしまった。

二十三

そんなある日、あの忌まわしい事件が起きたのだ。あってはならない事件が。

誰もが全力を挙げて絶対に起こしてはならないのに、誰もが防ぐことができなかったのだ。在籍している学生たちが無関係だと決して言えるはずがないではないか。責任を押し付けあっている場合では無いのだ。しかし、一般の学生たちの想像力は貧相で、迂闊で、そして無力だった。

佐伯蓮も無力だった。美貴子は、そもそも、事情をよく呑み込めず、何が起こったのかを当初把握できなかった。連合赤軍による「あさま山荘事件」が起きたとき、美貴子は夢を見たことがあった。あの夢が正夢になってしまったのだ。連合赤軍という、目の赤い醜い巨大な獣たちが夢の中で街を闊歩していた。その先には、革マルという同じ姿の獣たちが末期症状を呈して大学を蹂躙していた。美貴子は、周囲で起きていることが夢の続きであることをわかっていたのに金縛りにあったように呆然としている自分が歯痒かった。だから何が出来るというわけでは無いけれども、明確に事件を把握し、分析できないこと、それが自己嫌悪だった。

十一月八日、真冬を先取りしたような、凍えるような寒さの日だった。文学部構内三十一号館の二階で、中核派の学生K君が革マル派学生数名に数時間にわたってリンチを受けて、殺されたのだ。そして凄惨な死体は、わざわざ他大学の中庭に持って行かれて、そこに放置され、翌朝、発見された。

ついに革マルは一線を越えた。無抵抗な学生を、たとえ敵対する派の人間とはいえ、リンチによって惨殺させたことは、大学を超えて世間の人々や日本人に革マル派が連合赤軍と完全に同じ悪であると知らしめた。

大学にはしばらくの間、学生たちの慟哭の弔鐘が鳴り響いた。

この事件を知ったこの大学の一般学生たちは、おぞましさに震え、魂の底が抜けたように感じた。しかしその震えはもはや怯えではなく、仲間を殺された、憤りの武者震いだった。激しい憤りが沸騰した。こんなことを絶対に許してはならないと、誰もが思ったのだ。美貴子の怒りも、皆と同じく、そして日一日と肥大していった。

時を経ずして、学生運動とは無関係だった一般学生たちが声を上げた。K君事件は皆の心に火をつけたのだ。こんなことを校内で放置していてはいけない、黙って見過ごしていることは殺人という暴挙を許している不作為になると気付いたのだ。まず殺害されたK君と同じ学年の十数名の有志たちが、K君の無念を晴らすべく、そしてK君事件のような暴力沙汰を断固繰り返すまじとし、平常な大学を取り戻さねばならないという強い意思表明を掲げて全学部へ向けて訴え、革マル派の横暴反対の声をあげた。

一般学生と言われていた皆が、まるで学生運動の闘士たちよりも勇敢に、学生運動の本来の姿に戻った姿で、ルビコン河を渡ったのである。

その仲間には佐伯蓮がとうぜんのように加わっていた。美貴子ももちろん行動に参加した。しかし佐伯蓮と一緒ではなかった。全共闘崩れだった佐伯蓮は、革マル派に名前が知られており、こういう場合でもおおっぴらには行動ができなかった。

美貴子は、文学部の他のクラスのみんなと一緒に行動した。いてもたってもいられない気持ちに駆られていた。K君事件は、まるでコップいっぱいに満ちていて、今にも溢れそうになっている水がコップから溢れたようなものだった。むしろ、こんなに我慢してきたのかと思って、美貴子は自分の行動の源泉に驚いたほどだ。もし正常な姿の大学ならば、あり得ない歪んだ暴力的強制に従い続けた日々の生活のおぞましさを、今こそ徹底的に排除すべきときなのだった。

ノンポリ学生たちの有志グループの、およそ思想は、常識と呼べる程度だったかもしれない。革マルのような理論武装とは異なる、学生の権利に基づく、それだけ取り出せば理論などないに等しい考え方といっていい。それがなぜ悪い?と居直るのではなかった。そのなんでもないところに誇りがあった。大学校内にあって命を護るのが学生なのだという常識は、場所が大学であるだけに異常な決意に近かった。この決意こそ、むしろ実存に基づく極限の自負ではないだろうか。人間の命を護るという学生たちの権利意識とそれを脅かすものを決して許さないという実存は、まだ暴力が闊歩している大学校内にあって、もはや誰からも消せないほどの熱い情熱の炎だった。心の底からの共感は、びくともしない岩盤の上に築かれた連帯となった。美貴子もその岩盤の上に乗っていて、誇りを感じるのだった。

美貴子は、このとき、ああ私は生きているなと実感した。背はシャキッと伸びて、姿勢の良い十九歳の冬だった。

二十四

　東京の十二月の空は分厚い雲で覆われ、雪でも降ってきそうな陽射しのない、ひどく寒い日だった。本部政経学部前で、革マル派による集会が開かれていた。革マル派は、全学生に対して真摯な詫びを行う集会と銘うっていた。もっと早く行われるべきだったのに、なぜか虐殺の日から一ヶ月も経っていた。だから、一般学生たちはその猛省の無さに憤りは募りこそすれ、だれ一人として、革マルが〈真摯に〉詫びを入れるなどとまじめに考えるものはいなかった。しかし、とにかく全学部の学生たちが、革マル派委員長による心からなる猛省の弁を聞こうと、そしてどのように殺人を説明するのかを聞こうとして集まっていた。文学部の美貴子たち有志グループは、ことによっては許さないぞという断固たる姿勢で、政経学部前に集まっていた。全体ミーティングで打ち合わせしており、一緒にいるのは危険だとの判断でそれぞれ個人的に三々五々、他の学部の学生たちに混じって聞くことにした。

「しかしながら我々はー、川口君事件という、反党的、反階級的に彩られた虐殺行為に対してー、かかる腐敗をもたらした根拠そのものをー完全に粉砕せしめることを通じてー、革命の中に概念的に準備された暴力のー、無限界性の論理を逆説的に修正しー、革命目的の暴力の論理をー政治的に収束せしめるだろうー。我々はー、時間稼ぎの沈黙によってー、自己の思想の検討を回避することはー、決してしないー」

「そうだ！　そうだ！」

壇上の周辺からヘルメットの男たちの気勢が上がる。拍手さえ起きている。

美貴子は、全身を耳にして聞いていた。

とんでもなかった。いったいどこに、このリンチ事件を起こしたのが自分たちなのだという猛省があるのか、真摯なお詫びがあるのか。いくら時間が経っても、犯人はまるで自分たちではなく、他人がやったかのように言うだけなのだった。滅茶苦茶な論理のすり替えをして、相手が悪いとなすりつけるのが、彼らのストラテジーなのだ。厚顔無恥にも演説している本人は、自分の口調に惚けてさえいるように、言葉は冬の寒空の下で流れていった。

「しかしながらー、ブクロ中核派はー、十二月八日を喧伝することによってー、自己の党派闘争における思想的、組織的敗北を押し隠しー、動揺する崩壊的危機にある組織にー、なんとかタガをはめ、延命しようと図っているのであるー」

「そうだー」

拍手。パラパラとまばらだが、演壇を確実に革マル派が取り囲んでいると思わせる大きな音の拍手だ。

「我々はー、問題を巧みにバラしー、延命をはかろうとする狂乱したブクロ中核派とのー思想的闘いを断乎―、貫徹しなければならない―」

　対中核派という、目先の相手のことしか眼中に無い。

　もはや、いつもの自己陶酔にすぎなかった。やはり、何も変わっていない。変わるのかと期待した美貴子たちが単純なのだった。美貴子は絶望した。もっと残念なのは、せっかく立ち上がった有志たちが、一言も声を上げられないことだった。角棒を持っている戦闘集団の革マル派を前にして、またどこに民青やその他の武装党派が忍んでいるかもしれないのだから、丸腰の一般学生は、何も言えないのだった。

　これ以上聞くことは何もなかった。帰ろうと足を動かした時だ。美貴子と同じように考えて帰ろうとした一般学生たちの誰かがつまずいたのだろうか、階段の横から学生たちが次々と美貴子の方へ倒れかかってきた。あっという間に人々の渦ができて、美貴子は、下敷きになってしまった。数名の男子学生が上に乗っているのは確実だった。それはテニスサークルの余興で布団蒸しをやらされて、下敷きになった時のようだった。あのお遊びでは、美貴子は遠くから見ていただけだったが、下敷きになっている男の子たちはどんなに苦しいだろうと、見ているだけで息が詰まった。それが、美貴子が今まさに、実際に布団蒸しにあっているのだ。

　なん人くらいの男子学生が重なっているのだろう。不思議なことに、美貴子の上には、学生たちの腹や背中でできた五角形位の空間ができていた。周囲は全部人で埋まっているのに、その重なり具合のせいで、ポカッと空間が空いていたのだ。将棋の駒を潰したような五角形の空間だ。そのおかげで美貴子は、お腹は冷たいコンクリートに当たっていたが、痛くも苦しくもなかった。光は全く入ってこないが、空気が少し確保できて、呼吸ができた。それでも、もちろん大変な事態には変わらず、外側で早くどけろ、下に人がいるぞー、と怒鳴っている声が聞こえてくる。

小さく、委員長の声も聞こえ続けていた。いつの間にか、反省の弁からいつもの自己中心的な論理の組み立てへとすり替わっていた。

「中核派の我々を糾弾する道具立ては、党派の論理、イコール革命の論理という図式の欺瞞であーる。中核派は、国家の論理、イコール政治の論理、イコール党派の論理、イコール粛清の論理と等置することによって、我々を、反スターリン主義と決めつけ、組織ニヒリズムと断罪するのであーる」

周囲の空間が狭くなっていくような気がした。闇が濃くなっていく。頭上にできた五角形の空間はいつのまにかなくなっていたが、酸素が少なくなってきたのだろうか。早くどいてくれないのか。みんな上の人たちは、何をやっているのだろう。急に家族の顔が浮かんできた。お父さん、お母さん、私はこんなところで死んでしまうのでしょうか。

「大きな声で叫びなさい」

父が言う。

「救急車を呼びなさい」

母が言う。

妹が呼びかけてくる。

「お姉ちゃん、なんとか頑張って」

弟が言う。

「もう何やってんだよ。カッコ悪すぎるだろ。それじゃ、まるで犬死にだよ、早くなんとか出ろよ」

「そんなこと言ったって無理なのよ。動かないんだもの」

「貴女の底力を信じてるわ。頑張って。これからじゃない、私、あなたのカミュについての卒論読ましてもらうつもりよ。私のサルトルも読んでね、美貴子、頑張れ」

フランスへ行っているユリエの声だった。

「葛原さんダメだよ、そんなに弱気になっちゃ。俺らが助けに行くまで頑張れ」

川田平蔵の声だった。

「葛原さん、本気を出して、もっと息が吸える空間を見つけるんだ。すぐに諦めちゃダメだよ。絶対活路を見い出せるよ、頑張れ」

利根宗介の声もした。

「葛原さん、神様が助けて下さるわ、神様を信じて」

木嶋圭子の声も聞こえた。

読書会のみんなの声援が、美貴子に届いていた。美貴子は彼らと共感し合っていた。強い連帯の力を感じる。

その時、佐伯蓮の声がした。

「〈人間たちからなる　茫然自失の　家畜の上を
光の中に　飛び跳ねていた　野蛮な　鬣
蒼穹を　物乞いする者　その足が　我らの道に。
違うのだ、卑しくも　通う砂漠に　雨水貯める池もない
ひたすら駆ける　猛り狂った　王者の　鞭の下を、
まさしく不遇の魔だ、前代未聞の　その笑いが、彼らを跪かせる〉
マラルメだよ。
ぼくたちの時代は、まさに不遇の魔なんだよ。不遇の魔とはアンラッキーってことさ。
そうだろう、あいつらは猛り狂った王者なんだから。ぼくたちは、その鞭の下に跪いたんだ。
茫然自失の家畜なんだよ。そう読めるよね。でも違う。この詩の真意は違う。そう読んでは
いけないんだ。いいかい、一連目の最後の一行にあるだろう。
〈蒼穹を物乞いする者　その足が我らの道に〉って。ここが大事なんだよ。あの猛り狂った

王者たちの頭上には、蒼穹が拡がっているんだよ。ぼくらの頭上の上、ずっと上を見てご覧。それが本物の我々の道なんだ。不遇の魔なんて一時的なものさ。美貴子、蒼穹を見ろ。すぐその上だ。諦めちゃダメだ。押し退けろ、押し退けるんだ。自分を信じろ」

遠くで、救急車のサイレンが聞こえていた。周囲の誰かが呼んでくれたに違いない。それにしても来るのがずいぶん早い、いや違う。救急車は美貴子の元へ来たのではなかった。サイレンの音が遠ざかっていく。文学部の方へと向かって行ったようだ。文学部でもこんな事態が起きているのだろうか。

「蒼穹？　蒼穹を見ろって？　でもどうやって見るの。これを押し退ける力なんか私にはない。無理よ、こんなに重いんだもの。蓮、佐伯蓮、ここへ来て。早く、早く。これを押し退けてちょうだい。一緒にやればできるでしょ。私ひとりでは、もう無理よ」

サイレンの小さな響きが、まるで鎮魂の哀しい歌のように響く。次第に空気が薄くなってくる気がする。息が苦しい。闇が濃くなってくる。

美貴子が政経学部前で将棋倒しにあい、下敷きになってしまったその少し前、頭から血を流している青年がひとり、文学部のスロープ上で、ついに力尽きて倒れていた。革マルに角棒でメッタ打ちにされた佐伯蓮だった。奥の一階の教室から解放されたあと、力を振り絞りながらたった一人で中庭を通り、スロープまで出てきてフラフラと降りていたが、とうとう歩いている脚にもはや意識が追いつかなくなった。佐伯蓮は、スロープの冷たいアスファルトの上に崩折れるようにうつ伏せに倒れた。校門の警備に当たっていた機動隊の数名は、フラフラとスロープを歩いてくる学生を訝しげに見ていたが、異変に気付くとスロープを駆け登った。負傷している佐伯蓮を抱き起こし、すぐに救急車を呼んだ。救急車は思いのほか早くやって来た。救急隊員は佐伯蓮の様態をチェックし始める。佐伯蓮は、何かに引き寄せられるように、自力で一生懸命起きあがろうとしていた。

美貴子のますます濃くなってくる闇の中で、意識が遠のいていく。

「あなた、なあにその帽子、可笑しい、真っ赤な帽子だなんて、赤すぎるわ。最初に会った時も白づくめで、佐伯くんって本当にセンスがないんだから、さあ、早くこっちへ来て、そんな帽子脱いでよ、一刻も早く。いっしょに蒼穹を見なければ」

美貴子は笑いながら言っても、佐伯蓮は下を向いたままだった。文学部のスロープを降りようとしたが、ほんとうに歩けたかどうか、美貴子も目蓋が重くなってきて、佐伯蓮が、不格好な赤い帽子をとったかどうか見ることはできなかった。

＊

二〇二二年二月、美貴子が大学入学してから五十年が過ぎた。〈連合赤軍あさま山荘事件〉

から半世紀を経たということになる。〈革マル〉と聞いても、なんのことかわからない人の方が多くなった。そもそも、あれだけ日本全国を騒がせた〈連合赤軍あさま山荘事件〉なのに、現在では事件の名前さえ知る人がほとんどいない。

幸い、美貴子は本部構内での布団蒸し状態から生き延びることができた。佐伯蓮も重傷を負ったが、完全に治癒した。

そして今、二〇二二年、早稲田大学のスロープは現代的な美しい空間へと変身した。スロープの両側には、天を衝くかと見まがうほどの高い樹木が並ぶ。樹木は美しい三角形の紡錘型で、スロープを登る学生たちを見下ろすようでもあり、守っているようにも見える。その高さときたら、北大のポプラ並木も到底競争相手ではない。なんという名前の木だろうと、久しぶりに訪れた母校の事務所で聞いてみたら、事務員の方達はどなたも知らなかった。そんなふうにもはや景色と化しているほどの、れっきとした建造物のような樹木なのである。長く伸びすぎた枝を切る時には、ハシゴなど使えないから、ブルドーザーのような大掛かりな機械で切るのかもしれない。きっと、穴八幡神宮から見たら、この木は、荘厳な大学の象徴のように見えるはずだ。

スロープの周囲も様変わりした。記念会堂はなくなり、現代的な美術館のような美しさと効率性を兼ねた建築が、昔のだだっ広かったアスファルトの空間に取って代わった。段階的なモダンな造りの外構には各階に鉢植えの花々が植えられていて、白い建造物と自然が共生するように作られている。体育会系の学生たちの運動の場としてはアンダーグラウンドが設置されていて、何百人と収容できる観客席まであり、かつての記念会堂を兼ねている。学食は、元の図書館のあった場所にカフェレストランを展開して、インテリアもエクステリアも開放的な空間で、ここにも樹木がエクステリアとして植えられ、間をとって置かれたテーブルに座れば、パリのカフェテラスのような居心地の良さである。文学部の全ては現代的な都会空間のように一変した。一見して、かつての面影などもう跡形もない、ようにみえる。今の学生がかつての面影を探そうとしたら至難の業だろう。しかし、もし昆虫学者にでもなった気持ちで虫眼鏡を持って目を凝らすなら、小さなてんとう虫ぐらいの痕跡は見つかるかもしれない。たとえば三十一号館の廊下を歩いてみよう。〈資本論を読もう〉と、小さな明朝体で書かれた紙が何気なく貼ってあるのを見つけるだろう。そして、馬場下の交差点にある交番のガラスの中の、古びた端がめくれ上がった広告を見よう。

〈爆破事件指名手配犯人、大道寺道子、岡本公三〉

と書かれてあるのを見つけ出すだろう。いずれも連合赤軍のメンバーたちである。今、後期高齢者となった彼らは何を思っているのだろうか。二〇二二年五月、ハイジャックの首謀者だった重信房子が刑を終えて出所した際、開口一番に述べた。「ご迷惑をかけた皆さんに、心からお詫びします」と。

勘解由小路ユリエは、日本で一、二を争う同時通訳者として現在も活躍しているし、佐伯蓮は、旧約聖書学の押しも押されぬ権威となった。今年二〇二二年の年賀状には無事定年退職して、

「いよいよ執筆に専念できます」

とあった。今後の活躍を心から応援したい。

そして美貴子はというと、平穏に暮らしている。しかし彼らの活躍ぶりを仰ぎ見るように応援するのを忘れていない。そして、騙されない、脅かされないと目を皿のようにして、言葉の裏にあるものを探る癖に悩まされている。だから文章を綴ってみざるを得ない。トボトボと頼りない歩みで、続けていくだろう。

二月の朝は、東京でもワードを打つ手が冷たくなる。暖かい部屋なのに指先だけがキーボードを滑らない。うんざりしてテレビをつけた。北陸、東北地方は、今年は例年にない豪雪らしい。長野県も大雪らしい。画面では、久しぶりの晴天をここぞとばかり、人々が長靴を履いて大きなシャベルを持ち、懸命に雪掻きをやっていた。その雪は、蒼穹に反映した、白い白い白い、眩しいくらい白い雪だった。

完

石川　瑞生（いしかわ みずき）

1954年生まれ。東京都出身・在住。早稲田大学第一文学部卒　国際電信電話（現KDDI）勤務。のち早稲田大学大学院仏文学修士課程卒。

不遇の魔

2023年4月22日　第1刷発行

著　者　石川瑞生
発行人　大杉　剛
発行所　株式会社 風詠社
〒553-0001　大阪市福島区海老江5-2-2
大拓ビル5-7階
TEL 06（6136）8657　https://fueisha.com/
発売元　株式会社 星雲社
（共同出版社・流通責任出版社）
〒112-0005　東京都文京区水道1-3-30
TEL 03（3868）3275
装幀　2DAY
印刷・製本　シナノ印刷株式会社

ISBN978-4-434-31638-8 C0093